Erwachen
Der Magie

Ein Roman von Christina da Costa Amaral

Die Saga der Vier im Spiegel der Zeit – Ein Artikel von Tanja Funkelflug im Magazin „Magie geht durch die Zeiten"

Wir wissen nicht, wie die Magie in die Welt kam. Doch einige der Weisen vermuten, sie war schon immer da, seit Anbeginn der Zeit. Für den Menschen verborgen, existierte sie im Geheimen. Im Grunde wissen wir bis heute nur eines, jedes Leben birgt Magie in sich. Bei vielen schläft sie jedoch und erwacht vielleicht nie.

Doch auch jene, in denen sie sich zu regen beginnt, können das Wunder des vollen Erwachens nicht alleine vollbringen. Die Geschichte der Magie erzählt jedoch von vier Ausnahmen. Sie erzählt von Zeronia, der Heilerin, von Orion, dem Krieger, von Evrim, dem Wandler und von Sabina, der Reisenden. Man nennt sie auch die vier Urmagier/innen. Denn alle Magier und Magierinnen stammen von ihnen, den ersten Erwachten ab, wird vermutet. Und ihnen gelang ein Erwachen ohne Hilfe, wie, bleibt unbekannt.

Es wurde bisher davon ausgegangen, dass es keine reinen Heiler, Wandler, Krieger, oder Reisende mehr gibt. Im Laufe der Zeit haben sich die sogenannten Klassen der Magie, welche auf die vier Urmagier zurückgehen, vermischt. Bis auf zwei

Klassen, die auf gegensätzlichen Kräften beruhen, und die miteinander nie eine Verbindung eingegangen sind. Die Heiler und die Krieger. Lange galt der Grundsatz "entweder - oder". Das eine schloss das andere aus. Wie jedem bekannt sein dürfte, entstand im Laufe der Zeit viel Feindschaft zwischen diesen Klassen, beruhend auf vielen Vorurteilen. Doch nun hat der Reisende Dr. Tobias Langarm, mit der ausgeprägten Fähigkeit durch die Zeit zu reisen, eine Reise ins 15. Jahrhundert gewagt und ein Schriftstück gefunden, welches alles widerlegen könnte, wovon wir bisher überzeugt waren. Den Gesetzen der Magie entsprechend hat er besagtes Schriftstück in seiner Zeit belassen, sodass nur das Gewicht seines Wortes bleibt, das vielen nicht reichen dürfte. Doch in diesem Schriftstück erzählt ein Geschichtsschreiber der Magie, von einer Begegnung zwischen Zeronia und Orion. Und stellt die Vermutung auf, dass aus einer Verbindung der beiden
eine Blutlinie entsprang. Kritiker werfen ein, dass es in einem solchen Fall, Magier mit entsprechenden Fähigkeiten geben müsste. Wenn sie mehr erfahren wollen über dieses spannende Thema und wissen wollen, was Dr. Langarm seinen Kritikern entgegenhält, lesen Sie sein Buch. Es

erscheint am 20.04.2016 in den örtlichen Buchhandlungen, unter dem Titel „Die Saga der Vier, im Spiegel der Zeit".

Ein Artikel von Tanja Funkelflug

Kapitel 1 (Tamara)

Träge öffnete ich die Augen und streckte mich. Der Schlaf war tief gewesen, tief und traumlos. Eine merkwürdige Schwäche lag über meinem Körper. Als würde ihn etwas niederdrücken, dennoch wagte ich vorsichtige Bewegungen, leistete der Schwere Widerstand, während meinen Geist mitten in diesem Erwachen, eine frische Fröhlichkeit beschlich. Das Licht, welches durch meine halb geöffneten Augen brach, schien mich willkommen zu heißen. Es war ein ungestümer Empfang, das Licht verursachte milden Schmerz, als hätten meine Augen, in traumloser Dunkelheit, verlernt ins Licht zu sehen.

Ich drehte und wendete den Kopf, in all dem Licht bewegte sich ein Schatten auf mich zu, ich vernahm leise Schritte, die näher kamen. Doch auch dieser Schatten, konnte die Freude in meinem Geist nicht vertreiben. Sie blubberte fröhlich vor sich hin, bis zum überlaufen. Eine fette Blase platzte aus mir heraus und ich stellte fest, das mein Lachen dem Krächzen einer altersschwachen Krähe glich.

Besagter Schatten wich zurück, das Gelächter hatte ihn wohl verschreckt.

Meine Stimme hatte das Lachen verlernt, so wie

meine Augen, ins Licht zu sehen. Wie lange hatte ich geschlafen, ein paar Tage oder sogar eine ganze Woche?

Der Schatten nahm seinen Mut zusammen, er kam wieder näher. Für einen Moment schloss ich die Augen, nicht sicher ob ich schon bereit war, mich mit jemand anderem als mir selbst, auseinanderzusetzen.

„Bist du wach!?" brüllte der Schatten, dieser Jemand, in mein Ohr. Sofort riss ich die Augen auf und stellte fest, dass dieses Etwas, das an meine Nase stieß, ebenfalls eine Nase war. Besagter Schatten hatte eine lange Nase und Augen, so stechend grün, so nah, dass sie das Licht verbannten.

Da meine geöffneten, wahrscheinlich sogar vor Schreck geweiteten Augen mich verraten hatten, entschied ich mich gegen ein Leugnen. Doch die Freude, die sich von all dem nicht stören ließ und weiter vor sich hin blubberte, übernahm spontan die Führung.

„Nein" bröselte es aus meinem trockenen Hals und schnell schloss ich die Augen wieder. „Schade" murmelte der Mann, seine Stimme tropfte vor aufrichtiger Enttäuschung. Es klang so ehrlich, dass mich die Neugier dazu trieb, ganz leicht ein Auge zu öffnen und durch meine langen Wimpern zu gucken. Der arme Kerl saß mit gebeugtem Rücken auf meinem Bettrand, während seine Enttäuschung fühlbar um mein Bett herum schlich.

„Okay, jetzt bin ich wach", siegte mein Mitgefühl, und die Wörter zerkratzten meine Kehle.

„Wasser bitte".

„Natürlich, es ist so schön, dass du wach bist", er strahlte wie ein kleines Kind zu Weihnachten, während er eifrig aufsprang, um mir Wasser zu holen.

Da meine Augen dabei waren sich von der ungestümen Begrüßung des Lichts zu erholen, wurde mein Blick klarer. Ich konnte den Mann, der dabei war, mir ein Glas Wasser zu bringen genauer betrachten. Er war sehr groß und außergewöhnlich schlank. Wieder bei mir angekommen hielt er mir das Glas hin und meinte „Ich bin Joshua, schön dass du wach bist, es ist langweilig hier". Statt zu antworten griff ich gierig nach dem Wasserglas. Mein Durst war bald gestillt, doch die Worte zerkratzten dennoch meinen Hals „Wo bin ich?".

„Psychiatrie", meinte Joshua. Neidisch stellte ich fest, wie elegant und hell das Wort aus seinem etwas schmalem Mund glitt. Er hatte einen Bart, der vermutlich erst vor kurzem, zögerlich und unsicher, entschieden hatte zu wachsen. Der Bart war hellbraun, genauso wie sein schulterlanges, leicht gewelltes Haar. Ich suchte nach einem Wort, einer Frage, die mir mehr verriet „Welche?".

„Die Erich-Fromm-Klinik, in Graz, wenn du es ganz genau wissen willst, wir befinden uns auf Station Y. Man sagt, da kommen nur die besonders schrägen Fälle hin. Die, welche keiner einordnen kann". Er grinste stolz und liebenswert.

Genau das hatte ich befürchtet. Eine Psychiatrie. Viele Anhaltspunkte sprachen für eine Klinik, ein Krankenhaus. Schon der Geruch, nach Desinfektions- und Reinigungsmittel, hatte es im Grunde verraten.

Ob ich jemandem von dem Einhorn am Hauptplatz erzählt hatte? Dieses Monster Pferd mit Horn, hatte mich angegriffen. Ich war vor ihm zurückgewichen und gestürzt.

„Wie heißt du?", platze Joshua unelegant in meine Gedanken.

Einen schauderhaften Moment lang fiel es mir nicht ein. Wer war ich nochmal?

„Tamara", stieß ich hervor und stellte fest, dass meine Stimme aufgrund meines Ärgers an Kraft gewann. Wenn ich jemandem von dem Einhorn erzählt hatte, kam ich hier wahrscheinlich nie wieder heraus. Frustriert schloss ich die Augen. Ich kannte die Erich-Fromm-Klinik bereits, als Kind hatte ich eine gewisse Zeit auf der Kinder- und

Jugendstation verbracht. Es war eine skurrile Zeit meines Lebens gewesen. Schwer, ja hart war sie und doch voller zaghafter Schönheit. Etwas unheimlich gerade zu Beginn, und doch so sicher wie keine Zeit davor oder danach.

„Tamara, jetzt wo du wach bist, muss ich dir etwas sagen, bitte sieh mich an."

Ich glitt aus meinen Gedanken, als würden seine Worte mich hinaus geleiten, aus mir selbst. Mein Blick, der eben noch nach Innen gerichtet war, trat erneut hinaus ins Licht und traf auf Joshuas ernste, stechende Augen. „Ich werde dich lieben, immer".

Aus seinen Augen, seiner Stimme, sickerte eine Wahrheit, die mich im Innersten erreichte, um dort etwas in Bewegung zu setzen, das ich nicht mehr aufhalten konnte. Ich glaubte diesem Fremden, denn ich fühlte die Aufrichtigkeit seiner Worte, genauso wie die Unausweichlichkeit, die darin lag. Doch ich wich vor diesem Begreifen zurück „Joshua, das ist etwas beängstigend..."

„Natürlich ist es das! Für mich auch", er lächelte so breit, dass seine mandelförmigen Augen ganz schmal wurden, „das wird richtig aufregend".

Etwas ging hier vor sich, ein Verrückter erklärte mir seine ewige Liebe. Okay, das konnte prinzipiell schon mal passieren in einer Psychiatrie, doch ich wusste genauso gut wie er, es war, und würde so sein. Er sprach eine fühlbare Wahrheit aus, die jeder Vernunft zu trotzen schien. Ob ich ihn wohl auch lieben würde, mit der Zeit? Genauso naiv und erwartungslos wie er es bereits bei mir tat? Nein, solch ein Mensch würde ich nie sein.

Da ich auf seine Ansage nichts zu sagen wusste, sah ich mich im Zimmer um, vier Betten standen darin mit meinem, welches an einem großen Fenster stand. Alles hier war weiß in weiß, zumindest was die Einrichtung anbelangte, doch die Habseligkeiten meiner Mitpatienten hauchten dem Zimmer etwas Leben ein. Das Bett mir gegenüber war mit einer rot karierten Decke überzogen. Von dort war der Schatten, Joshua, auf mich zugekommen. Es musste seins sein. Im Bett neben meinem herrschte Chaos pur, überall lagen Klamotten verteilt, ein BH lag auf dem Nachtkasten herum und eine Packung Kekse im Bett. Ich fragte mich gerade, wie die Person wohl war, der dieses Bett gehörte, da wurde die Tür aufgerissen.

Zwei Frauen und ein Mann stolperten kichernd in den Raum und erinnerten mich daran, dass die Fröhlichkeit in mir noch nicht versiegt war. Ich kicherte zurück.

Alle trugen für meinen Geschmack zu farbenfrohes Gewand, das mich erraten ließ, dass sie gerade Sport gemacht hatten.

Als die Personen, dank meines Gekichers, auf mich aufmerksam wurden, legten sie eine Vollbremsung hin und starrten mich irritiert an. Die kleinere der beiden Frauen raunte der größeren viel zu laut zu „Sie ist erwacht". Ihre Stimme hallte gut vernehmbar durch den Raum, streifte dabei meine Seele und hinterließ dort eine Gänsehaut. Lag es an ihrer tiefen Stimme, oder an ihren Worten, oder war es die Kombination aus Beidem. Die Art wie sie es sagte hatte etwas verheißungsvolles und das Wort Erwachen gab mir das Gefühl etwas schwerwiegendes vollbracht zu haben. Dessen Konsequenzen ich noch nicht einmal erahnen konnte.

Etwas stimmte nicht mit diesem Ort, etwas stimmte nicht mit den Menschen hier. Es lag nicht daran, dass ich mich in einer Psychiatrie befand. Mit solchen Orten und ihren Bewohnern kannte ich mich aus, seit meiner Zeit in der Kinderpsychiatrie, mit 10 Jahren.

Es war etwas anderes, es lag greifbar in der Luft, eine Energie, eine Stimmung, die uns alle einschloss und die doch so schwer zu fassen war.

Jetzt und hier fühlte ich eine Wendung nahen. Eine, die alles verändern würde, denn sie würde mich ändern. Grundlegend und unausweichlich. Mir wurde klar, zum ersten Mal in meinem Leben, wie fühlbar Wahrheiten sein konnten. Wie sicher und gewiss, selbst jene die noch im Entstehen begriffen waren.

Mein Blick wurde immer wieder von der größeren Frau angezogen. Sie hatte ihr langes, blondes Haar zu einem Pferdeschwanz zusammen gebunden, welcher ihr ausdrucksstarkes Gesicht noch mehr zur Geltung brachte. Sie hatte bereits erste Falten, vor allem um ihre Augen, deren Farbe mich an von Regen durchtränktes Moos erinnerten. So dunkel war das Grün darin. Sie musterte mich nachdenklich. Gerade als es mir unangenehm wurde meinte sie „Oh ja, sie ist erwacht", ihre Stimme war hell, klar, und kraftvoll. Dann trat diese große, drahtige Frau an mein Bett, so dass sich die Notwendigkeit ergab meinen Kopf in den Nacken zu legen, um ihr weiter ins Gesicht sehen zu können, was mir spontane Kopfschmerzen bescherte. Ich verzog das Gesicht und wollte aufstehen. Doch bevor ich zur Tat schreiten konnte war die Frau schon vor mir in die Hocke gegangen, was mich seltsam berührte.

„So ist es leichter, denke ich" ihre Worte wurden von einem Lächeln, getragen, es war hörbar und sichtbar. Ein kleines Grübchen bildete sich rechts von ihrem etwas breiten Mund. „Hallo." Sie streckte mir zur Begrüßung ihre Hand entgegen und ich ergriff sie, ohne zu zögern. Etwas an dieser Frau versprach Sicherheit, in dieser sonst so merkwürdigen Situation. Etwas an dieser Frau versprach Wärme in meinem schon so lange unterkühlten Leben.

„Mein Name ist Selena, Selena Mei", teilte mir die Frau mit. „Hallo" hauchte ich zurück. „Ich heiße Tamara." Da ich sie für eine Mitpatientin hielt, nannte ich nur meinen Vornamen.

„Der Rotschopf neben mir, das ist Furi", sie zeigte auf die kleine Frau, die mir nur knapp zunickte, mit zusammengezogenen Augenbrauen, und verkniffenem Mund, als hätte sie etwas verärgert. „Und das hier ist Ma...", sie unterbrach die Vorstellungsrunde. Im ersten Moment begriff ich nicht warum, doch dann stieg mir der Geruch von nasser Erde in die Nase, und ein kräftiger Windstoß zerzauste mein Haar, genauso wie das von Selena. Der Wind nahm an Stärke zu, und Selena schloss für einen Moment die Augen und neigte den Kopf, als würde sie ihn dem Wind darreichen. Sie tat dies auf eine stolze und vertrauensvolle Weise. Es war ein seltsam, schönes Bild, bis sie die Augen wieder öffnete. Ein unnatürliches Leuchten, vor dem ich zurückschreckte, lag in ihnen, tief und dunkel. Plötzlich wollte ich nur noch fort von hier. Was war hier nur los? Mir wurde schlagartig klar, dass wir uns noch immer bei den Händen hielten, keine von uns beiden hatte bisher losgelassen, seit der Begrüßung. Hektisch entzog ich Selena meine Hand. Doch als meine Augen dabei auf ihre trafen, war das Leuchten darin verschwunden, vielleicht war es nie da gewesen. Entsprang es meiner Fantasie, wie das Einhorn, welches mich angegriffen hatte? Verlor ich den Verstand?

„Alles gut, vertrauen sie ihrem Instinkt", durchbrach Selenas Stimme meine aufgebrachten Gedanken. Mein Instinkt sagte mir, dass hier eine Verbindung entstand ‚zu dieser Frau, die ich vielleicht dehnen konnte, wenn ich mich dagegen stemmte, doch es würde eine Verbindung sein, die halten würde und das machte mir eine Heidenangst.

„Ich fühle es auch", durchbrach sie erneut meine Gedanken.

„Wer sind Sie? Und was wollen sie von mir?", fragte ich verwirrt. „Ich arbeite hier, ich bin die Oberärztin von Station Y" teilte sie mir freundlich lächelnd mit und mir fiel die Kinnlade runter. Ihr fehlte die typische Ärztinnenaura total, was natürlich an der Sportkleidung liegen konnte.

„Sind sie sicher", sprach ich nervös die erste Frage, die mir durch den Kopf schoss laut aus. Ihr Lächeln wurde breiter „Ja, ganz sicher, und fürs Erste möchte ich nur eines, Ihnen helfen. Bitte kommen

Sie in einer Stunde zu einem Gespräch mit mir. Ich werde dann auch einen weißen Kittel tragen, wenn es bei dem Gespräch hilft". Ich nickte benommen.

„Gut, Schwester Bea wird gleich bei Ihnen vorbei schauen. Bis Später." Flink erhob sie sich. Bei der Tür angekommen drehte sie sich noch kurz in Joshuas Richtung. „Wir sehen uns dann um 17 Uhr Joshua." Der Angesprochene, Joshua, nickte strahlend.

Als die Tür sich hinter dieser merkwürdigen Ärztin geschlossen hatte, setzte Stille ein, und mir wurde klar, dass sämtliche Augenpaare auf mich gerichtet waren. Die Stille war bereits dabei die Grenze des erträglichen zu überschreiten, als der Mann, der mir nicht fertig vorgestellt worden war, meinte, er müsse zur Kunsttherapie. Er nickte mir knapp zu und entschwand fluchtartig der Stille.

Der kleine Rotschopf namens Furi, schien zu bemerken, dass er mich anstarrte „Sorry, ziemlich drückend hier drinnen. Es stört euch doch nicht, wenn ich das Fenster öffne?".

„Nein", stammelte ich und blickte betroffen zu den Fenstern zu meiner rechten, sie waren alle geschlossen. Aber der Windstoß vorhin, wo war er hergekommen, wenn nicht von draußen herein?

Verwirrt verfolgte ich Furi mit meinen Blicken, ich hatte richtig vermutet, sie schmiss sich auf das

Chaosbett, und zertrümmerte die Packung Kekse unter sich.

Ich sammelte meine Kräfte und wankte zu dem Waschbecken in einer Ecke des Zimmers, dort angekommen ließ ich kaltes Wasser in das Becken, bis es randvoll war, und steckte meinen Kopf hinein. Für einen Moment war alles still, kalt und klar. Als ich wieder auftauchte, betrachtete ich mich in dem kleinen Spiegel der über dem Becken hing. Etwas an mir war verändert. Jedoch fand ich nicht so recht heraus, was es war. Meine übliche Blässe war vielleicht etwas ausgeprägter als sonst. Aber das alleine war es nicht. Meine kurzen dunkelbraunen Haare waren etwas dunkler als üblich, aber das lag am Wasser. Die kleine Narbe auf meiner rechten Wange war noch da, und meine Augenbrauen etwas zu dicht, alles wie immer. Ich trat näher an den Spiegel, was war verändert? Ich sah mir in die Augen, ganz direkt, als könnte ich die Veränderung in ihnen finden. Das tief dunkle braun, meiner Augen leuchtete auf. Nur für einen Moment. Kaum hatte ich geblinzelt, war es wieder verschwunden.

Kapitel 2 (Tamara)

Schwester Bea stellte sich als eine strenge, aber mütterlich wirkende Sorte von Mensch heraus. Sie passte perfekt in meine Klischeevorstellung einer Krankenschwester. Nachdem ich im Spiegel meine Augen hatte aufleuchten sehen, hatte ich einen kurzen heftigen Schrei ausgestoßen. Die Schwester, die darauf ins Zimmer gestürmt kam, stellte sich als Schwester Bea heraus. Sie tätschelte mir mit milder Strenge den Arm und meinte „Schon gut Mädel, was ist denn los?". Da ich jedoch beharrlich schwieg, erklärte sie mir, dass sie mich für ein Aufnahmegespräch mitnehmen würde. Kurz darauf verschwanden wir beide in einem kleinen, steril wirkenden Zimmer und sie stellte mir jede Menge unangenehmer, medizinischer Fragen. Zum Thema Verdauung und Allergien, genauso wie zum Thema Schlaf, Energie und Selbstmordgedanken. So unangenehm mir das Gespräch auch war, so war mir dieses Prozedere, sowie die Fragen, durchaus vertraut. Was mir ein merkwürdiges Gefühl von Sicherheit gab.

Nachdem ich das Aufnahmeverfahren überstanden hatte, zeigte mir Schwester Bea die Station. Es gab einen Aufenthaltsraum mit Fernseher, in dem sich eine traurig und einsam wirkende Pflanze befand.

In einem Regal befanden sich Bücher, eine mickrige Spielesammlung sowie ein paar Puzzles, wobei ich mir sicher war, dass einige Puzzleteile fehlten, auch ohne hinein zu sehen. Der Aufenthaltsraum befand sich genau gegenüber von meinem Zimmer. Mein Zimmer wiederum befand sich in einem langen breiten Gang, der am Ende nach links abbog. In dem Gang links befanden sich die Ärztezimmer, sowie die Therapieräume, klärte mich Schwester Bea auf. Ich nickte freundlich, zu allem was sie sagte, als würde es mich interessieren. Was es nicht tat.

Das einzige, was mich wirklich interessierte war, wo ich einen halbwegs brauchbaren Kaffee her bekomme. Und tatsächlich, weit weg von meinem Zimmer, am anderen Ende des Ganges, befanden sich ein paar Tische und ein Kaffeeautomat. Meine müden, schweren Schritte wurden merklich schneller. Als er in Sichtweite kam konnte ich fühlen, wie mein Gesicht zu strahlen begann. Doch als wir den Automaten erreichten, fiel mein Blick auf eine Zeitung, die dort auf einem der runden Tische lag. Das Datum darauf lautete 12.06.2017.

Ich erstarrte wie ein Reh, das Gefahr witterte.

„Schwester Bea, seit wann bin ich hier? Was für ein Tag ist heute?

„Es ist Montag" entgegnete sie mir ausweichend.

„Das Datum da, auf dieser Zeitung, stimmt das?", verlangte ich zu wissen. „Ja" kam die widerwillige Antwort „Mädel, setz dich erstmal, du bist ja ganz blass geworden"

Ich setzte mich, versuchte zu begreifen, was das bedeutete und konnte es nicht. Schwester Bea redete noch immer mit mir, ich erkannte, dass ihr Mund sich immerfort bewegte, doch ihre Stimme drang nicht durch das laute Hämmern meines Herzens. Kein Ton, kein Wort erreichte mich. Es war doch eben erst Sonntag gewesen... Vielleicht irrte sie sich oder ich hatte etwas falsch verstanden, so musste es sein. „Schwester Bea, seit wann bin ich hier?" schrie ich sie aufgebracht an, die drohende Gewissheit fürchtend. „Seit auf den Tag genau einem Jahr". Sie sah mich mitleidig und besorgt an, „Bleib bitte hier, ich hole besser Dr. Mei". Schon eilte sie los, in einer Höchstgeschwindigkeit die ich dieser doch stark übergewichtigen Person nicht zugetraut hätte. Sie war sehr besorgt. Ich hingegen war mittlerweile nicht nur äußerlich, sondern auch innerlich erstarrt. Nichts in oder an mir rührte sich, nicht mal der Hauch einer Bewegung rührte Geist oder Emotionen auf. Die mir gegenüberliegende weiße Wand, auf die meine reglosen Augen gerichtet waren, bot sich auch nicht gerade an, diese

Erstarrung zu lösen.

Erst als ich aus dem Augenwinkel rechts von mir im Gang Bewegung wahrnahm, durchzuckte mich eine nervöse Energie und mein Kopf ruckelte in diese Richtung. Dr. Mei rannte den Gang entlang, dicht gefolgt von Schwester Bea, ihr weißer Mantel weht im Fahrtwind. Das Ganze sah ziemlich cool aus, bis sie bei mir angekommen eine Vollbremsung hinlegte und Schwester Bea daraufhin mit der Ärztin zusammenstieß.

„Frau Landauf, ich weiß Sie stehen vermutlich gerade unter Schock, aber wenn Sie sich bewegen können würde ich Sie bitten, mir in mein Büro zu folgen. Dort können wir ungestört reden. Frau Landauf? Hören sie mich?". Klar hörte ich die Ärztin, doch für einen Moment war ich gefangen gewesen von ihren mitfühlend dreinblickenden, grünen Augen. Mir wurde bewusst wie schön diese Frau war, auf eine Art, die mich berührte. Also schön auf die eine Art, auf die es ankam. Unvollkommen und bewegend. In Anbetracht der Umstände fand ich diese Erkenntnis jedoch so unpassend, dass sie mir einen hysterischen Lachanfall bescherte und der wollte dann nicht mehr enden. Ich konnte nicht mehr aufhören. Dr. Mei sprach in ruhigem Ton weiter mit mir, es sei sehr gut zu lachen, denn es half beim Abbau von innerer Anspannung. Ich gab mir dennoch große Mühe ihr durch meine, mittlerweile tränennassen Augen, einen verzweifelten Blick nach dem anderen zu zu schmeißen, während der Lachanfall anhielt. Gekonnt, als hätte sie nie etwas anderes gemacht, fing sie meine Blicke auf. „Ganz ruhig, machen sie sich keine Gedanken, es wird bald wieder nachlassen." Dann begann sie jedoch vor sich hin zu hüsteln, wie ich es immer tat, wenn ich versuchte, ein Lachen zu unterdrücken. Auch Schwester Bea, die schräg hinter Dr. Mei stand, begann vor sich hin zu hüsteln und presste sich kurz darauf bereits die Hand auf den Mund, um die Geräusche erfolglos zu unterdrücken. Es half alles nichts, ihr platzte ein Kichern heraus, welches mein mittlerweile heiseres Gelächter deutlich übertönte. Was folgte, war ein strafender Blick von Dr. Mei „Lassen sie mich jetzt bloß nicht im Stich, Schwester Bea!" der strafende Blick bekam jedoch mehr und mehr einen verkniffenen Anstrich, was das Kichern der Krankenschwester weiter antrieb, bis ihr schließlich ein kurzes Grunzen entfuhr. Das wiederum führte dazu dass Dr. Mei ein Lachen herausplatzte. Das dem meinen gleich nicht mehr enden wollte. Da wir nun alle Drei lachend im Gang saßen, entstand ein gewisser Lärm, so dass sich einige Zimmertüren öffneten. Wir waren eine kleine

Sensation auf der Station, wie wir uns laut vor Lachen krümmten. Als jedoch einige Mitpatienten, die uns aus sicherer Entfernung beobachteten, ebenfalls begannen zu kichern, kam ein Pfleger herbei geeilt. Er war sicher genauso groß wie breit und brüllte „Ruhe!" Man konnte seine laute Stimme durch den ganzen Gang hören. Als der besagte Kasten von einem Mann auf uns zu eilte, fürchtete ich Ärger, jedoch nur bis er nahe genug herangekommen war, so dass ich seine von Lachfältchen umrahmten Augen sehen konnte. Mit einem Schmunzeln fragte er Dr. Mei „Geht es wieder Frau Doktor?"

„Entschuldige den Lärm Harald, ich denke wir haben uns wieder beruhigt". Gegen Ende des Satzes sah sie kurz zu mir. Ich nickte. „Können Sie aufstehen?" „Schauen wir mal", entgegnete ich mit einem zuversichtlichen Lächeln für das ich eine Tapferkeitsmedaille verdient hätte und erhob mich leicht zittrig. Der Schock und das Lachen hatten mich erschöpft.

„Folgen Sie mir bitte", forderte mich Dr. Mei auf. Was ich auch tat, wir gingen in Richtung der Ärztezimmer. Alle Zimmertüren sahen gleich aus. „Wissen Sie, wenn man die Türen abschleift und jede in einer anderen Farbe anmalen würde, sähe es hier schon viel netter aus", versuchte ich unser

Schweigen zu durchbrechen. Ich wollte nicht alleine sein mit meinen Gedanken, Sorgen, Ängsten. „Ja sicher", murmelte sie gedankenversunken, was mir erst Recht das Gefühl gab, alleine zu sein. Ich startete einen weiteren Versuch zu ihr durchzudringen: „Vielleicht werde ich morgen die Weltherrschaft an mich reißen".

„Schön, schön" kam die Antwort und nach einer kurzen Pause „Realistische Ziele sind sehr wichtig auf dem Weg zur Heilung". Ich sah sie mir von der Seite genauer an, sie grinste für eine Ärztin unverschämt frech und öffnete eine der Türen.

„Ach, du Scheiße" entfuhr es mir. „Das ist ihr Büro!?". Da drinnen sah es aus wie in einem Jungle. Überall waren Pflanzen, sogar die Decke war zugewuchert mit an den Wänden aufwärts kletterndem Grünzeug. Neugierig trat ich ein. Gleich rechts, wenn man reinkam, gab es einen Holztisch, mit zwei bequem wirkenden, gepolsterten Korbsesseln. In der Mitte des Raumes stand ein Schreibtisch, aus dem gleichen dunklen Holz wie der kleine Tisch in der rechten Ecke. An der linken Wand befand sich ein bis zur Decke reichendes Bücherregal. Doch es war von Pflanzen so zugewachsen, dass man nur wenig Bücher erkannte hinter all dem Gewächs.

„Ich mag Pflanzen", erklärte mir Dr. Mei

überflüssigerweise. „Aber setzen Sie sich doch", sie wies auf einen der Korbsessel. Noch während ich darauf zusteuerte, sprach sie weiter „Sie haben sicher einige Fragen an mich und ich natürlich auch die ein oder andere an Sie, was möchten Sie wissen?".

„Bin ich wirklich seit einem Jahr hier? Was ist passiert? War ich bewusstlos?" Sie nahm sich einen Moment Zeit, bevor sie antwortete „Nach ihrem Sturz am Hauptplatz waren sie erst einmal ein paar Wochen in einem Krankenhaus. Sie waren zu keiner Zeit ansprechbar. Obwohl sie von ihrem Sturz nur sehr oberflächliche Wunden davon getragen haben. Es konnte keine medizinische Ursache für ihren Zustand gefunden werden. Untersuchungen ergaben dass sie nicht bewusstlos waren, sondern dass sie schliefen und nicht geweckt werden konnten. Man führte dies auf einen Schock zurück, den sie erlitten haben müssen und überwies sie in eine Psychiatrie.

Ich fand Sie auf Station Ps 2 . Sie redeten schon damals im Schlaf von einem Einhorn. Die Ärzte dort wollten Ihnen alle möglichen Medikamente verabreichen, da holte ich Sie auf meine Station".

„Warum haben Sie das getan? War ich ein so interessanter Fall?", fragte ich nach einigem Zögern.

„Zugegeben, das auch, doch das war für mich nicht das Ausschlaggebende. Ich wollte Sie kennen lernen und mein Gefühl sagte mir, sie würden von ganz alleine aufwachen, wenn sie so weit wären. Auch ohne Medikamente. Ich möchte sie auch gerne etwas fragen, was hat es mit dem Einhorn auf sich?"

„Ich weiß es nicht", log ich „Vermutlich habe ich einfach von einem geträumt". Ihre Augenbrauen zogen sich zusammen „Frau Landauf, ich erkenne, wenn man mich anlügt."

Ich konnte fühlen, wie sattes Rot mein Gesicht überzog „Ich habe dazu nichts zu sagen".

„Sie sind übrigens eine lausige Lügnerin, das finde ich sehr sympathisch, ich verspreche Ihnen jetzt etwas, sie müssen nicht hierbleiben, wenn sie nicht wollen, egal was sie mir zu erzählen haben, sie brauchen hier vor keine Angst zu haben. Allerdings wurde ihre Wohnung vor einem halben Jahr weitervermietet. Sie müssten wohl bei Freunden oder Familie unterkommen".

Bei dem Wort Familie zuckte ich zusammen, Dr. Mei bemerkte das wohl „Ganz ruhig, Sie müssen nicht zu ihrer Familie zurück. In der ganzen Zeit, in der Sie hier waren kamen ihre Eltern genau einmal hier her, um mich zu fragen ob der Spaß hier sie was kosten würde. Mir sind selten so unangenehme Menschen begegnet."

„Stiefeltern", entgegnete ich wie schon so oft in meinem Leben mechanisch.

„Sie sind bald volljährig, wir finden eine Lösung, wenn Sie nicht zu ihnen zurück wollen."

Das Thema überforderte mich, genauso wie die Anteilnahme der Ärztin. Fast so, als würde sie verstehen. Doch das konnte sie nicht, ich hatte nie ein Wort gesagt, zu niemandem. Ganz so, als würde sie auch meine Überforderung wahrnehmen, wechselte sie das Thema, so dass ich es nicht tun musste.

Wobei das Thema nicht viel besser war. „Möchten Sie mir jetzt vielleicht erzählen was kurz vor ihrem Sturz passiert ist? Damals am Hauptplatz?"

Es war mir peinlich von meiner Halluzination zu berichten, doch ihr bisheriges Verhalten ließ mich meine Vorsicht vergessen.

„Na ja, ich habe ein Einhorn gesehen" gab ich zu und beeilte mich zu erklären „ich wusste, es konnte nicht echt sein, natürlich nicht, aber es sah verdammt echt aus und kam auf mich zu galoppiert, bei mir angekommen bäumte es sich auf und als es wieder auf allen vieren stand, berührte es mich mit seinem Horn und alles um mich wurde schwarz. Ich nahm nur vage wahr, dass ich dabei war zu fallen."

„Das Horn, konnten Sie es fühlen, als es sie berührte?"

„Ähm, ja."

„Wo genau hat es sie damit berührt?", fragte Dr. Mei ruhig. „Da", ich zeigte es ihr verlegen.

Sie nickte bedächtig „Interessant, da befindet sich das Herz, sehr symbolisch."

Die Ruhe der Ärztin brachte mich aus der Ruhe und für einen Moment vergaß ich, dass wir von einer Halluzination sprachen „Das blöde Vieh hat mich angegriffen", entfuhr es mir ärgerlich, dann schwieg ich erschrocken. Dr. Mei schwieg ebenfalls, sie schien mir tief in Gedanken versunken. Ein paar mal wirkte es so als würde sie zum Sprechen ansetzen und es sich dann anders überlegen. Sehr schnell wünschte ich mir, sie wäre dabei geblieben. Denn was sie dann sagte, war das aller Letzte, womit ich gerechnet hatte. „Hätte Sie ein Einhorn angegriffen wären sie jetzt tod. Es hat Sie nur gezeichnet, markiert, oder wenn Sie so wollen ‚erwählt." Wieder einmal erstarrte ich, die Frau war entweder noch verrückter als ich, oder erlaubte sich einen miesen Scherz mit mir.

„Das ist nicht komisch" fauchte ich gestresst.

„Nein, das ist es wirklich nicht. Es ist sogar ziemlich ernst. Sie sind wie ich, eine Magierin."

Ich erhob mich langsam „Sie sagten, ich könnte

jeder Zeit gehen." Doch sie schüttelte den Kopf „Ich sagte sie müssen nicht hierbleiben. Allerdings kann ich sie in diesem Zustand und nachdem, was ich ihnen gesagt habe nicht alleine draußen herumlaufen lassen."

Verstört erwiderte ich „Schon okay, mir geht es gut, ich gehe jetzt" und bewegte mich langsam in Richtung Tür, ohne sie aus den Augen zu lassen.

Sie jedoch erklärte ruhig „Dann begleite ich Sie." Ich war entsetzt „Nicht notwendig." Mittlerweile hatte ich auch die Tür erreicht, ich fühlte sie in meinem Rücken und ruckelte hektisch an dem Türgriff. Sie ließ sich nicht öffnen, dabei hatte die Ärztin sie ganz sicher nicht abgeschlossen. „Ich kann sie nicht alleine gehen lassen, nicht jetzt, warten sie wenigstens bis Sie sich etwas beruhigt haben!" „Ich bin ruhig!", schrie ich, zugegeben vielleicht etwas hysterisch, da klopfte es hinter mir an der Tür, in meinem Rücken. Es war Schwester Bea. Die würde mir sicher nicht glauben, dass die gute Ärztin total übergeschnappt war. Daher schrie ich gar nicht erst um Hilfe. „Dr. Mei, Furi hat einen Anfall, kommen sie schnell!", erklang die Stimme der Schwester auf der anderen Seite der Tür.

„Es tut mir leid" flüsterte Dr. Mei mir zu und machte mit der linken Hand eine Wischbewegung nach rechts. Zeitgleich zerrte etwas an meinem Körper und ich landete an der Wand. Noch bevor ich wusste wie mir geschah, trat Dr. Mei ganz nah an mich heran und berührte die Pflanze, die an der Wand entlang wuchs. Diese bekam daraufhin einen Motivationsschub und wuchs in rasantem Tempo über mich drüber, sogar über meinen Bauch, ich war also an der verfluchten Wand fixiert.

„Ganz ruhig" raunte Dr. Mei mir zu und für einen kurzen ärgerlichen Moment wurde ich tatsächlich ruhiger. Dann war sie zur Tür hinaus und der Moment war dahin.

Ich zerrte und zog panisch an der Pflanze um meinen Bauch, stemmte mich mit aller Kraft dagegen, doch sie lockerte sich nicht einen Millimeter. Nichts war in Reichweite, womit ich die Pflanze durchtrennen oder lockern konnte. Meine Verzweiflung, meine Angst, wuchs nicht minder schnell als die Pflanze kurz zuvor. Doch meine Kräfte ließen bereits nach und die Pflanze presste mich so an die Wand, dass ich schwer Luft bekam. Am Rande meines Gesichtsfeldes wurde es bereits schwarz. Ich war der Ohnmacht nahe. Als ich am Gang Schritte hörte hing ich schon wie ein nasser Sack in den Schlingen um meinen Bauch. Meine Hände berührten immer noch die Pflanze, kraftlos strich ich über sie und murmelte, wie ich es das letzte Mal als Kind getan hatte „Bitte", da landete ich auch schon auf dem Boden.

Schnell rappelte ich mich wieder auf. An der Außenwand befand sich ein Fenster, vielleicht hatte ich Glück und es ließ sich ganz öffnen. In einer Psychiatrie war das nicht immer möglich, aber dies war ein Ärztezimmer. Und tatsächlich, es ließ sich weit öffnen und da sich die Station im ersten Stock befand, kletterte ich auf den Fensterrahmen und sprang. Höhenangst hatte ich noch nie. Ich landete gut, im Gras. Kurz überlegte ich, die Erich Fromm Klinik befand sich eigentlich bei Graz, nicht in Graz. Ich hatte schon eine Idee wo ich mich ungefähr befand. Ja ich wusste sogar, dass irgendwo in der Nähe sich die Linie 2 befand. Mit der kam ich erst mal in die Stadt. Vielleicht konnte ich ja bei einer Freundin untertauchen, doch zuerst musste ich durch diesen Park der die Klinik umgab. An dem war ich schon oft vorbei gegangen oder gefahren. Doch mitten drin hatte ich mich schon sehr lange nicht mehr befunden und bei meinem letzten Aufenthalt als Kind war er mir noch nicht so unheimlich vorgekommen.

Kurz sah ich auf zu dem Fenster, aus dem ich gesprungen war. Auf mich hinab sah Dr. Mei. Keine Zeit mehr für Überlegungen. Ich rannte los.

Kapitel 3 (Furi)

„Furi, verdammt, Kleines was hast du angestellt? Komm zu dir!"

„Dr. Mei, ist das Ihre liebreizende Stimme, die mir da ins Ohr schreit?", murmelte ich, richtete mich auf und kotzte Schwester Bea über die hübschen weißen Schuhe.

„FURI, was hast du gemacht!?" Ich wollte mich auf Dr. Meis Gesicht konzentrieren, aber ich konnte mich nicht entscheiden auf welches Gesicht ich nun blicken sollte. Da waren zwei, vermutlich sah ich doppelt.

„Warum gehen sie eigentlich davon aus, dass ich etwas angestellt habe?" Ich hatte etwas angestellt, aber ich musste Zeit gewinnen.

„Übrigens, die Neue hat sich gerade von Hildegard befreit und ist im Begriff aus dem Fenster zu springen". Und schon war sie weg, die gute Dr. Mei. Sie würde zu spät kommen. Diese Tamara war sicher schon gesprungen und rannte hysterisch durch den Park.

Verflixt, ich musste eine Entscheidung treffen, Mei ahnte sicher schon was ich gemacht hatte, aber sie musste nicht wissen wie weit ich damit gekommen war, das ging niemanden etwas an. Da hatte ich mich doch tatsächlich im Kopf von dieser Tamara verlaufen und war über ein paar Kindheitserinnerungen gestolpert. Die waren vielleicht beschissen. Typischer Fall von echt mieser Kindheit.

Ich hätte wohl Mitgefühl empfinden sollen, doch jedes Mal, wenn es sich einschleichen wollte, sah ich wieder das Bild vor mir wie diese Tamara, verloren in ihrem Krankenhausbett saß, während ihre verschreckten Rehaugen zu sagen schienen „Komm und rette mich". Was mich zornig machte. Sie war so offensichtlich schwach. Der volle Opfertyp. Jedes Mal, wenn ich das Bild, von ihr im Bett sitzend, vor Augen hatte, wäre ich am liebsten auf sie zu und hätte sie geschüttelt. Konnte die sich nicht zusammenreißen? Mei tat auch noch so, als wäre ausgerechnet die was Besonderes. Und Joshua erst. Der war schon um sie herumgeschlichen bevor sie aufgewacht war und hatte versucht sich zu kümmern. Weichei.

Schwester Bea war derweil damit beschäftigt mir böse Blicke zuzuwerfen, während sie meine Sauerei beseitigte. Die Gute stellte netterweise nur selten Fragen.

Ich startete einen erneuten Versuch mich aufzurichten. Es ging schon besser, schwankend kam ich auf die Füße und stellte wenig erfreut fest, dass Dr. Mei auf mich zukam. Wenigstens sah ich sie nicht doppelt. Es würde schon unangenehm genug werden, mich mit ihr als Einzelperson anzulegen. „Furi, in mein Büro!", Bei den meisten hier funktionierte dieser Ton ganz gut. Dr. Mei war durchaus liebevoll und achtsam, aber bei seltenen Gelegenheiten wurde sie wütend und dann neigten ihre Mitmenschen dazu, sich zu ducken. Da ich allerdings so schon ziemlich klein war, hatte ich beschlossen, es stand mir nicht gut, mich auch noch zusätzlich kleiner zu machen. Damit machte ich die gute Dr. Mei wahnsinnig und vermutlich auch ein bisschen stolz.

Kaum waren wir im Büro angekommen und die Tür geschlossen wuchs Hildegard mir entgegen, sie wollte gestreichelt werden, die Gute. Die Leute glaubten immer, wenn sie mit ihren Pflanzen redeten gediehen sie besser, wenn die nur wüssten wie viele von diesen Pflanzen kuschelbedürftig waren. Doch Hildegard konnte mir nun auch nicht helfen, Mei kam gleich zur Sache. „Furi, in wessen Gedanken hast du dich rumgetrieben? Waren es ihre?"

„Ja" antwortete ich schlicht, da leugnen nichts helfen würde. „Hast du eigentlich auch nur die geringste Ahnung was da alles passieren kann!? Du hast noch nicht einmal mit deiner Ausbildung begonnen! Wenn du das hättest, wüsstest du nämlich, dass das, was du getan hast, als mentaler Angriff gilt und die Regeln der magischen Kommission verbieten das aufs Strengste!"

„Ups", entgegnete ich gekonnt gleichgültig, auch wenn mir etwas bange wurde.

Doch unter ihrem enttäuschten Kopfschütteln knickte ich dann doch ein und begann mich zu rechtfertigen „Ich wollte doch nur mal kurz gucken, woher hätte ich denn wissen sollen, dass es tatsächlich funktioniert!" Mei seufzte „Ach Furi, du hast ein Talent dich in Schwierigkeiten zu bringen. In jemandes Kopf einzudringen können eigentlich nur geschulte Krieger. Du hast Glück, dass du noch nicht wusstest, dass es verboten ist. Es zählt als Kampfhandlung und darf nur im Notfall oder mit Einverständnis der anderen Person gemacht werden. Sag mir bitte, was du gesehen hast."

Jetzt würde es knifflig werden „Ich denke ich habe nicht das Recht, dir das zu sagen" entgegnete ich und richtete mich unwillkürlich auf, um größer zu wirken. Eine dumme Angewohnheit. Vor allem bei Magierinnen und Psychiatern, die durchschauten das gleich und Mei war irritierenderweise beides. Jetzt funkelte sie mich zornig an „Und ich denke du hattest nicht das Recht überhaupt in ihren Kopf zu sehen! Und jetzt antworte mir! Du weißt, sie ist verschwunden". „Na und, du hast doch sicher schon einen Zauber um das Gelände gelegt, so dass sie nicht rauskommt. Was ist so tragisch daran, wenn sie ein bisschen im Park herumirrt?".

„Der Zauber hindert zur Zeit jeden daran rein oder raus zu kommen, jeder verläuft sich, was glaubst du, wie lange ich diesen Zustand so lassen kann. Also sag mir einfach was du gesehen hast, damit wir sie finden können".

„Nein, aber vielleicht denke ich ernsthaft darüber nach, wenn du mir sagst was hier los ist, warum ist sie so wichtig?"

„Ach du meine Güte, reicht es denn nicht, dass sie der erste Mensch ist, der ohne Hilfe eines Mentors oder einer Mentorin erwacht ist! Sie hat die Magie in sich selbst aktiviert. Sonst könnte sie die Magie um sich nicht sehen. Nur merkwürdig, dass sie bis jetzt kaum Fähigkeiten zeigt".

„Du erzählst mir nichts Neues, sie ist erwacht, hat ein Einhorn gesehen und dann ein Jahr gepennt. Aber das alles wusste ich schon. Bist du eigentlich mal auf die Idee gekommen, dass du dieses Mal nicht einfach nur eine echte Verrückte erwischt hast? Ich habe gelesen Einhörner sind vor über 10 Jahren ausgestorben. Und wenn sie wirklich erwacht ist, wo steckt dann ihr Mentor, der müsste das doch fühlen, und sie suchen gehen?".

„Wo hast du denn diese unsinnige Theorie

gelesen? Mittlerweile geht man davon aus, dass noch Einhörner existieren, sie halten sich nur versteckt und sind scheu geworden, kein Wunder, viel hätte nicht mehr gefehlt, zum Aussterben".

Ich konnte es kaum glauben, die gute Dr. Mei begann zu schwitzen und wich ganz eindeutig einem Thema aus. Die Frau, der man Nerven aus Stahl nachsagte.

„Du verheimlichst mir doch was!" Endlich nahm Dr. Mei hinter ihrem Schreibtisch Platz, dabei sah sie auch tatsächlich sehr müde aus.

„Okay, ich möchte auch nicht, dass du es von jemand anderem erfährst als mir. Ich denke, ich bin ihre Mentorin". Das war tatsächlich ein heikles Thema für sie, genauso wie für mich. Das lag daran, dass mein Mentor Samson vor kurzem, und knapp nachdem er mir beim Erwachen geholfen hatte, abgekratzt war. Er war aus Angst gestorben, was ihn so zum Fürchten gebracht hatte, würde ich noch herausfinden, koste es, was es wolle. Bei Dr. Mei war es umgekehrt, sie hatte ihren Schützling an den Tod verloren und würde sich selbst wohl nie vergeben. Das Einzige, was das Band zwischen Mentorin und Schützling beenden konnte, war der Tod, es hielt ein Leben lang. Man war nur einmal Mentor, nur einmal Schützling. Das war so ein nerviges, magisches Gesetz. Es konnte also nicht sein, was die Gute mir da gerade versuchte zu sagen „Mei, das ist unmöglich!" Doch in mir regte sich ein feiner Schmerz, was, wenn doch.

„Als Tamara und ich uns einander vorgestellt haben, da habe ich es gefühlt und sie auch. Wir haben uns die Hände gegeben und auch unsere Namen gesagt, kurz darauf setzte der Wind ein. Und alles war anders. Den Wind hast du doch auch bemerkt?" Natürlich, der blöde magische Wind, der schien immer einzusetzen, wenn irgendwo, zu irgendeiner Zeit, irgendetwas Schicksalhaftes passierte. Wie beispielsweise eine erste Begegnung zwischen Mentor und Schützling.

„Aber Mei", versuchte ich es erneut „sie zeigt keinerlei Fähigkeiten und man wird nur einmal Mentorin!"

„Naja sie ist noch nicht gerade lange wach, vielleicht zeigen ihre Fähigkeiten sich nicht sofort und ich bin mir ganz sicher Furi, ich habe es gefühlt. Es war genauso wie bei Olivia."

Ich hatte nie mitbekommen, dass Mei den Namen ihres verstorbenen Schützlings laut aussprach. Dass sie es gerade jetzt tat, ließ mich den Ernst der Lage erkennen. Mei war sich tatsächlich sicher und das ließ auch mich nicht länger zweifeln.

„Okay, dann ist sie wohl dein Schützling", gab ich klein bei. Traurigkeit stieg in mir auf, ich musste heftig schlucken und wandte den Kopf ab, sie sollte nicht sehen, wie sehr mich diese vermeintliche Tatsache traf. Das ging sie nichts mehr an. Ich war nur eine von vielen, die sie auf Station Y vor den Mühlen der Psychiatrie gerettet hatte. In der Zeit vor dem Erwachen sind viele Magier und Magierinnen auffällig, entwickeln erste Fähigkeiten, fangen an Bruchstücke der magischen Welt, die ein Teil der Welt ist, wahrzunehmen. Und gelten prompt als verrückt. Im schlimmsten Fall müssen sie Medikamente nehmen die gerade in dieser sensiblen Zeit großen Schaden anrichten können. Mei sortiert diese Menschen und angehenden Magier aus und bringt sie auf Station Y, wo sie dann früher oder später von ihren Mentoren gefunden und abgeholt werden. Mich jedoch würde niemand mehr abholen. Samson war tot, das Band gerissen. Mei hatte versucht für mich da zu sein, so gut sie konnte. Aber jetzt hatte sie einen richtigen Schützling. Mit blöden Rehaugen, der sich vermutlich nicht ständig in Schwierigkeiten bringen würde.

„Geh sie ruhig suchen, ich weiß, das ist jetzt wichtig für dich. Sie befindet sich beim Springbrunnen." Doch Mei stürzte nicht sofort los „Furi, es gibt einen guten Grund warum man nur einmal im Leben zum Mentoren für jemanden auserwählt wird. Es ist etwas Besonderes. Und ich...". An dieser Stelle unterbrach ich sie aufgebracht „Glaubst du etwa, das weiß ich nicht? Ich hatte einen Mentor, wenn auch nur für wenige Tage. Ich weiß, wie es sich anfühlt, dieses Band aus Vertrauen und Zuwendung! Ich weiß auch, wie es sich anfühlt, wenn es reißt!"

Nun war ich es, die enttäuscht den Kopf schüttelte „Wenn du mich loswerden willst, gehe ich auf diese blöde Schule. von der du mir erzählt hast, für Quereinsteiger der Magie. Also für die, die nicht wissen wohin, die mal wieder nirgends reinpassen. Auch in der magischen Welt nicht. Ist doch so?"

„Ich war dort vor langer Zeit Schülerin und kurze Zeit auch Lehrerin, deshalb habe ich dir von der Schule erzählt. Sie ist für ungewöhnliche Magier und Magierinnen. Mit viel Potential, aber auch für welche die Probleme mit sich herumtragen."

„Na dann ist ja alles gut, ich geh packen", entgegnete ich und wollte zur Tür hinaus.

„Verdammt Furi! So gehst du mir nicht!"

Wow, Mei war echt verärgert. Es war nicht zu überhören. Natürlich ging ich weiter zur Tür, ich konnte es einfach nicht lassen sie weiter zu provozieren. Ich musste eine immense Herausforderung für ihre Selbstbeherrschung sein, schließlich steckte auch in ihr eine Kriegerin. Und wir waren nicht gerade für unser sanftes Auftreten und überlegte Handlungen bekannt. Ein bisschen was hatte ich schon gelernt, in den paar Tagen mit Samson.

Mei war eine bunte Mischung. In ihr steckte auch eine Wandlerin und eine Reisende. Aber die Kriegerin überwog, wenn auch nur knapp.

„Furi!" Kam es erneut, doch dann überraschte sie mich „Es ist nicht immer nur die Magie, die Verbindungen erschafft. Manchmal sind wir es selbst, die sie erschaffen, indem wir uns für jemanden entscheiden. Ich habe mich für dich entschieden und ich werde es wieder und wieder tun, wenn du mich lässt." Ich war gerührt und musste eine Träne wegblinzeln „Okay", ich drehte mich zu ihr um „Wir müssen uns jetzt aber nicht in die Arme fallen oder so und uns sagen wie gern wir uns haben, oder?", warum musste ich immer etwas Dummes sagen, wenn ich verlegen war. Mei jedoch grinste breit „Das würde ich dir nie antun."

Nun musste ich auch lächeln. Mei fuhr fort „Du hast übrigens recht, was immer du in ihrem Kopf entdeckt hast, es ist privat. Du solltest mir nichts darüber sagen. Nicht mehr als notwendig. Ich mache mir nur sorgen um sie, bevor ich sie suchen gehe möchte ich, dass du weißt, ich werde mit dir gehen zu dieser Schule. Mir wurde der Posten der

Direktorin angeboten. Allerdings hoffe ich, dass auch Tamara uns dorthin begleitet. Wenn sie den ersten Schock überwunden hat."

Ich wollte sie in diesem Moment vieles fragen, angefangen damit, warum sie sich für mich entschieden hatte und es wieder tun würde. Doch ich tat es nicht. Sie legte mir einen flüchtigen Moment lang die Hand auf die Schulter und dann war sie zur Tür hinaus, auf der Suche nach Tamara.

Kapitel 4 (Tamara)

Ich rannte und rannte und landete wieder und wieder bei diesem verdammten Brunnen. Vollkommen egal, welchen Weg ich entlang lief. Ich konnte nicht mehr, daher setzte ich mich einfach an den Brunnenrand. Nur am Rande bemerkte ich, dass es ein schöner Springbrunnen war, er wirkte schlicht und die abgenutzten Steine aus denen er gemacht war, alt. Seine unaufdringliche Schönheit erreichte mich kaum. Und bald starrte ich nur mehr vor mich hin, in den dichten Wald, der mich umgab und dachte in einer Endlosschleife: „Die Frau war eine Magierin, es gibt keine Magierinnen, völlig unmöglich. Doch die Pflanze, die über mich gewachsen war und die Handbewegung, mit der mich Dr. Mei, ohne mich zu berühren, an die Wand gezerrt hatte, konnte das denn Einbildung gewesen sein!?" Kaum zu Ende gedacht ging es wieder von vorne los. Ich schüttelte den Kopf, kurz und heftig. Es geschah ganz von selbst, als wollte ich die Gedanken vertreiben. Tatsächlich half es sogar. Ich kam zu einem Entschluss, ich brauchte Antworten und die konnte mir nur diese Dr. Mei geben. Ich würde an diesem netten Brunnen warten, bis mich jemand suchen kam. Bis SIE mich suchen kam.

Es wurde bereits dunkel. Das Licht veränderte sich

mehr und mehr. Wurde schwächer und schwächer. Die Dichte des Waldes begann langsam, mir Angst zu machen, als ich unerwartet den dumpfen Aufschlag von Hufen vernahm. Da galoppierte ein Pferd. Wie konnte das jetzt wieder sein? Doch ich war mir sicher. Denn ich hatte das Geräusch der rhythmisch aufschlagenden Pferdehufe schon immer geliebt. Was merkwürdig war, da ich vor den großen, kraftvollen Tieren selbst schon immer etwas Angst gehabt hatte. Dem Geräusch nach kam das Tier näher. Ich sprang auf die Beine, bereit zur Flucht. Nur wohin? Beim Brunnen gab es wenigstens eine Laterne, die Licht spendete. Im Rest des Parks, der nur aus Wald zu bestehen schien, gab es kaum Lampen. Außer dem Geräusch der Hufe war nichts zu hören. Weder Vögel, noch Straßenlärm. Die üblichen Laute einer Stadt fehlten total. Als würden die Bäume sie verschlucken. Es war richtig fies unheimlich. Ich wollte nicht in diesen Wald und im Dunklen alleine durch die Stille auf diesen schmalen Wegen gehen, von denen ich bei diesen Lichtverhältnissen sicher abkommen würde. Nein das musste nicht sein.

Das Pferd würde mir sicher nicht allzu nahe kommen. Wenn doch, würde ich brüllen. Waren das nicht Fluchttiere? Doch dann war das Geräusch weg, einfach so. Erstaunt sah ich mich um. Da trat das Tier auch schon langsam aus dem Schatten. Es war ein er, ein Schimmel, nur mit einem weißen Horn auf der Stirn. Schon wieder dieses Einhorn. Es war das gleiche wie das, dass mich angegriffen hatte, ich fühlte es und doch schien alles anders. Ein sanftes, weises Strahlen ging von ihm aus und hielt die Dunkelheit in Schach. Er wirkte eigentlich gar nicht aggressiv. Für einen Moment vergaß ich meine Angst und stellte fest wie unglaublich schön er war. Dann kam er jedoch näher, langsam, Schritt für Schritt. Die vertraute Angst setzte wieder bei mir ein. Er war schon ganz nahe bei mir, da bäumte er sich auf, stieg vor mir in die Höhe. Meine Angst wuchs rasant und ich wich zurück. Ich starrte dem Tier in die Augen, unfähig, diesen auszuweichen.

Da vernahm ich irgendwo hinter mir Schritte, kurz darauf erklang Dr. Meis Stimme „Tue genau was ich dir sage, nimm den linken Fuß ein Stück zurück und neige deinen Kopf. Sofort, indem du ihn anstarrst, forderst du ihn heraus. Zeig ihm, dass du friedlich bist."

Sofort zuckte mein Blick in Richtung Boden, ich tat wie geheißen. Da ich das riesige Tier nicht mehr direkt vor Augen hatte, ließ meine Angst etwas nach. Anhand des leisen Klangs der Hufe nahm ich wahr, dass er wieder näher kam. Ich schloss die

Augen, als würde die Situation dadurch verschwinden. Es fühlte sich an wie eine Ewigkeit, als ich so stillstand, wartend, auf ein Signal, dass das Einhorn das Interesse an mir verlor. Doch dann war da ein leichter Druck auf meiner rechten Schulter und Fell berührte meine rechte Wange. Spontan lachte ich auf, ich fühlte intensive Freude und auch Stolz, dieses mächtige Tier hatte seinen Kopf auf meine Schulter gelegt und drückte diesen an meine Wange. Die Angst hatte sich in Sekundenschnelle gelegt, während ich mich aufrichtete und ganz automatisch meine Arme um den Hals des Tieres legte. Es fühlte sich richtig an. Das Einhorn schnaubte kurz, blieb aber ansonsten ruhig stehen. Ich glaube, wir standen lange so da, aber es kam mir dennoch viel zu kurz vor, denn das erste Mal an diesem so furchtbar merkwürdigen Tag konnte ich zur Ruhe kommen, ich fühlte mich befreit von einer viel zu schweren Last. Vor Erleichterung stiegen mir Tränen in die Augen und ich flüsterte dem Einhorn zu „Danke." Da entfernte es sich ein paar Schritte von mir, beugte die Vorderbeine so dass es aussah als würde es sich nun ebenfalls verbeugen, drehte sich um und verschwand in der Dunkelheit.

„Werden sie mir jetzt zuhören?", fragte Dr. Mei in meinem Rücken.

„Tue ich das nicht schon längst? Wenn Sie wollen, dass Ihnen jemand zuhört, sollten sie betreffende Person nicht an einer Wand fesseln. Spätestens da setzt bei den meisten der Fluchtinstinkt ein."

„Ist das so?"

„Ja" entgegnete ich, bisher hatte ich mich noch immer nicht zu ihr umgedreht. In mich horchend, vernahm ich auch nicht das geringste Bedürfnis, das zu tun. Das Gewicht, das mich nieder drückte war zurückgekehrt und vermengte sich mit einer in mir aufsteigenden Gleichgültigkeit. Das passierte immer wieder, wenn ich jenseits aller Grenzen war und die Überforderungen unermesslich schienen. Es war vertrauter Schutz, ich nahm ihn hin.

„Ein Jahr, also?"

„Ja, ein Jahr", Dr. Mei war an meine Seite getreten, ich fühlte es mehr als dass ich es sah. Ich hatte es nicht notwendig meinen Kopf in ihre Richtung zu drehen. Denn ich war stark, stolz und frei von Angst in meiner immer dominanter werdenden Gleichgültigkeit.

„Sie müssen das nicht tun!", erklang Dr. Meis Stimme neben mir, ruhig, kraftvoll.

„Was?", hörte ich meine eigene etwas müde Stimme fragen.

„Flüchten. Sie tun es schon wieder. Im Moment sind sie unerreichbar, irgendwo in sich versteckt und haben ihre Emotionen abgeschaltet. Das ist aber nicht notwendig. Sie können mir vertrauen."

Ich wand mich nun doch ihr zu, meine Augen verrieten wie immer zuverlässig meine Gefühle und die Frau Doktor wich einen Schritt zurück „Verdienen Sie es sich! Sie könnten damit anfangen, indem sie mir zum Beispiel sagen, was hier eigentlich los ist und wo ich hineingeraten bin."

„In allem Lebendigen schlummert etwas, das wir Magie nennen, bei vielen schlummert, schläft sie ein Leben lang, du jedoch gehörst genauso wie ich zu denjenigen bei denen sie wachgerüttelt wurde. Ein eindeutiges Zeichen dafür ist, dass du die Magie um dich herum wahrnimmst, zumindest teilweise. Wenn du lernst, genauer in die Dinge um dich herum hinein zu fühlen, wirst du noch viel mehr sehen und hören."

„Und wenn ich das nicht will!"

„Wenn es einmal passiert ist, kann man die Magie nicht mehr verleugnen. Genauso wenig wie du dich selbst verleugnen kannst. Ohne kaputt zu gehen."

„Von wem kam der letzte Satz, von der Psychiaterin oder der Magierin? Sie sind doch Psychiaterin?"

„Ja und ja, das bin ich tatsächlich. Ich habe dich bisher nicht belogen und ich werde es auch in Zukunft nicht tun."

„Und ich bin auch eine Magierin?"

„Ja das bist du."

„Wie soll ich Ihnen das glauben?"

„Wie kannst du es nicht glauben, nach allem, was heute passiert ist? Ich denke, das sind bereits genug Informationen für einen Tag. Wir sollten zurück auf die Station, zumal wir morgen schon abreisen. Ich vermute, du weißt nicht wohin mit dir, dein Mietvertrag wurde vor einem halben Jahr gekündigt. Und Besuch von Freunden und Verwandten hattest du auch nicht."

„Das heißt noch lange nicht, dass ich einfach mal mit Ihnen verreise!"

„Du musst in deinem bisherigen Leben sehr einsam gewesen ein, willst du das nicht ändern?"

Ich brauche niemanden. Bisher bin ich auch ganz gut alleine klar gekommen."

„Das weiß ich, in deiner Akte steht, du bist eine Ausreißerin, vor 2 Jahren bist du von Zuhause weg und hast dich alleine durch geschlagen. Dennoch du bist erst 17. Ich denke ein Heim wäre nicht gut für dich. Vor allem jetzt nicht. Ich habe bis zu deinem 18 Geburtstag die Vormundschaft für dich beantragt. Deine Eltern, Entschuldigung, Stiefeltern wollten sie nicht. Und ich wollte verhindern, dass du in ein staatliches Heim kommst. Ich hätte dich natürlich Fragen sollen, aber du warst nicht wach."

Entgeistert sah ich sie an „Im Ernst?"

„Ja. Morgen reisen wir ab."

Das meinte ich nicht und vermutlich wusste sie das auch. "Sie sind mein Vormund?"

„Ja".

Sie zückte eine Taschenlampe und machte sich auf den Weg zurück zur Station. Da ich nicht alleine im Dunkeln stehen bleiben wollte, blieb mir nicht viel anderes übrig als ihr zu folgen. Die Frau war doch total verrückt, eine verrückte Magierin und Psychiaterin. Wer übernahm denn schon einfach für eine Unbekannte die Vormundschaft. Selbst, wenn es nur für ca. 11 Monate war. Ich würde mir das Ganze mal ansehen und in spätestens 11 Monaten war ich endlich frei und konnte tun was ich wollte.

Kapitel 5 (Tamara)

Wir brachen im Morgengrauen auf. Die Luft war frisch und klar. In der Nacht hatte es geregnet und der Geruch von nasser Erde stieg mir in die Nase. Einen Moment lang gab ich mich der friedlichen Atmosphäre hin. Der Park, der das Gebäude, wie jedes Gebäude am Gelände umgab, war kaum gebändigt. Er wirkte roh, wild, verwahrlost. Ein bisschen so, als würde er die Gebäude bedrängen. Es wucherte, wie ich es am liebsten mochte, frei und ungezähmt, von allen Seiten. Durch das Geäst der Bäume quetschte sich das erste Licht des Tages. Patienten waren kaum welche unterwegs. Nur in der für Raucher bestimmten Ecke saß eine alte Frau und zog hektisch an ihrem Glimmstängel. Ihr langes weißes Haar hing in fettigen Strähnen an ihr herab, ihre Augen waren von tiefen Schatten umrandet und als sie den Blick hob und mir entgegen starrte, stellte ich fest, dass sie Blut unterlaufen waren. Vermutlich hatte die Arme in der Nacht kein Auge zu getan, Schlaflosigkeit war hier ein häufiges Problem. Eines, das ich mit den anderen Patienten teilte. Ich hatte Angst vor dem Schlafen, seit ich wusste, dass ich ein Jahr damit verbracht hatte.

Der friedliche Moment war dahin. Meine Ängste

und Sorgen waren stärker als die schöne Wildheit, die mich umgab. Nervosität stieg mehr und mehr in mir auf. Erzeugte ein Kribbeln in meinem Bauch und wuselte von dort weiter in den Rest meines Körpers. Was, wenn es wieder passierte? Ich einschlief und Jahre vergingen? Niemand wusste, was mit mir los war und wie das passieren konnte. Und das war ja nicht gerade meine einzige Sorge. Ich war dabei, mich in eine Welt zu begeben, an die zu glauben mir noch immer schwerfiel. So vieles von dem, was Dr. Mei mir gesagt hatte, überstieg noch immer meine Vorstellungskraft. So viele Erfahrungen der letzten 24 Stunden trotzen jeder Logik. Widersprachen allem mir bekannten und gelernten. Verdammt, es gab Einhörner! Das alles drohte mich zu überfluten und mich ins Chaos zu stürzen. Verzweifelt nach Ablenkung suchend, blickte ich zu Furi. Die war gerade dabei einen weiteren riesigen Koffer ins Freie zu schleppen. Dabei kämpfte sie gerade damit die Tür offen zu halten und das Monster von einem Koffer ins Freie zu quetschen. Bei mir selbst war das packen schnell gegangen. Ich besaß kaum noch etwas nach meinem Jahr im Tiefschlaf.

Alles, was mir geblieben war, passte in die kleine Tasche, die ich bei dem Vorfall vor einem Jahr bei mir getragen hatte. Dr. Mei war allerdings so nett gewesen mir das notwendigste zu besorgen.

Mittlerweile war der Koffer unsanft im Freien gelandet. Es fühlte sich merkwürdig an, dieser Furi dabei zuzusehen, wie sie sich alleine damit ab plagte, doch meine Hilfe hatte sie nicht annehmen wollen. Ich war mir relativ sicher, dass sie mich nicht besonders mochte. Schade, ich hätte in dieser verrückten Situation gerne eine Freundin an meiner Seite gehabt. Mit der ich über all das reden könnte, was mir Sorgen bereitete und mich ängstigte. Aber so jemanden hatte es in meinem Leben nie gegeben, warum sollte es sich gerade jetzt ändern. Mein Leben, inklusive meiner Gedanken und Gefühle waren schon immer etwas geheimes, in mir vergrabenes gewesen. Vielleicht lag es an mir, die Leute nannten mich schon immer eigenbrötlerisch und unfassbar verschlossen. Vielleicht musste ich mich ändern und nicht der Rest der Welt.

Jemand legte mir von hinten eine Hand auf die Schulter und zerrte mich damit aus meinen nicht sehr erfreulichen Gedankengängen. Etwas erschrocken drehte ich mich um. Vor mir stand Joshua. Mit diesem bereits vertrauten, breiten Grinsen im Gesicht „Ich komme mit euch."

„Wirklich? Warum hast du das denn nicht beim Frühstück gesagt? Als wir uns verabschiedet haben?"

„Da wusste ich es noch nicht."

„Das heißt, du gehörst auch zu uns Erwachten?", fragte ich und kam mir etwas albern vor als ich uns alle Erwachte nannte.

„Ja klar, aber nun zu dir, wie geht es dir nach allem, was passiert ist? Bist du soweit okay."

Ich wollte schon mit einem, ja geht schon, antworten, entschied mich dann aber anders „Es ist alles etwas viel... Ich habe etwas Angst vor mir und dem was mich noch erwarten könnte."

„Was auch immer kommen mag, du musst da nicht alleine durch. Aber ich verstehe dich gut. Mir geht es noch immer ganz ähnlich, obwohl ich schon seit ein paar Wochen in die magische Welt eingetaucht bin, kommt mir noch immer alles recht verrückt vor." Er grinste dieses Mal nicht, er sah stattdessen ernst und nachdenklich aus. Es war der Moment in dem ich begriff, wie gern ich ihn bereits hatte und ein bisschen fühlte sich das zwischen uns an wie eine beginnende Freundschaft. Oder meine Idee davon. So gut kannte ich mich ja nicht aus mit Freundschaften. Ich hatte keine Freunde, noch nie, dafür jede Menge oberflächlicher Bekanntschaften. Joshua setzte an weiter zu reden, doch dann gesellte sich Dr. Mei zu uns. „Wenn ihr schon über Magie reden müsst dann tut es doch bitte leiser.

Solche Gespräche sind nicht für jedermanns Ohren bestimmt." Ich fühlte mich getadelt. Es löste etwas Ärger in mir aus, doch ich schluckte ihn runter und schwieg. Stattdessen konzentrierte ich mich auf das Wissen, dass Joshua mit uns kommen würde und genoss das einsetzende Gefühl der Erleichterung, dass damit einher ging.

„Unser Auto müsste bald da sein", meinte Dr. Mei in die einsetzende Stille hinein. Mir fiel auf, dass ihre Augen gerötet waren, ganz so, als hätte sie geweint oder gekifft oder kaum geschlafen. Dann nieste sie jedoch wieder und wieder. Sie war wohl Allergikerin. Was ihr Schimpfen bestätigte „Diese lästigen Pollen überall." Die Frau hatte bereits viel für mich getan und doch flammte immer wieder Ärger in mir auf. Mit ihr hatte der ganze Schlamassel angefangen. Mit ihr war das große Unbekannte in mein Leben getreten. Es war nicht fair, aber im Stillen warf ich ihr das alles vor.

Davon abgesehen fragte ich mich, was der Preis für ihre Hilfe war und wann kam sie um Schulden einzutreiben. Es gab immer einen Preis, das hatte ich früh und gründlich gelernt. Menschen waren nicht einfach nett oder hilfsbereit. Im Leben wurde einem nichts geschenkt. Es war immer nur eine Frage der Zeit, wann man die Rechnung präsentiert bekam und der Preis war oft genug zu hoch. Viel zu hoch.

"Alles okay?", wieder war es Joshua, der mich aus meinen Gedanken riss. „Ja, ich war nur in Gedanken."

„Sie sind häufig in Gedanken, habe ich beobachtet, es könnte ihre Art zu flüchten sein...", mischte sich Dr. Mei in das Gespräch ein. „Ich habe viel zu verarbeiten" entgegnete ich knapp und nutzte die Chance ihrer Einmischung ins Gespräch, um nicht zum ersten Mal an diesem Tag zu fordern „Würden sie mir endlich verraten, wo genau sich nun diese Schule befindet?"

Dr. Mei legte den Kopf leicht schief. Das tat sie überraschend oft, wenn sie jemanden genauer betrachtete und antwortete „Erst im Auto. Es muss ja keiner der üblichen Patienten wissen. Es sollte jeden Moment jemand auftauchen, um uns abzuholen."

Zeitgleich mit ihren Worten fuhr eine schwarze Limousine vor. Der Kies knirschte leise unter den Rädern.

Das Geräusch besänftigte meinen Ärger. Da war nur diese alte Frau, die vermutlich bei ihrer zehnten Zigarette angelangt war und die saß etwas weiter weg, als ob die uns hätte hören können. Aber gut.

Wie gingen alle neugierig auf die Limousine zu, ein runzeliges Männlein stieg heraus. Eilte auf Dr. Mei zu und legte eine freche Verbeugung hin, welche der Frau Doktor ein Lächeln entlockte bevor sie ihn in die Arme schloss. Der kleine Mann, in kurzen Hosen und Flipflops, stellte sich als Jesper heraus, Hausmeister der Leech-Schule. Alles an ihm wirkte frech, fröhlich und ungezwungen. Seine faltigen Augen, die mich vermuten ließen, dass er zirka hundert Jahre alt war, strahlten in hellem blau und ließen viele Erfahrungen erahnen. Ich fragte mich gerade, wie man so alt werden und dabei noch so viel Leichtigkeit ausstrahlen konnte, als er zu unser aller Entsetzen nach dem ersten und größten Koffer griff. Doch zum allgemeinen Erstaunen stellte der keine Herausforderung für ihn dar. Mühelos hob er ihn hoch und er landete im Kofferraum. Genauso wie nach und nach den Rest vom Gepäck. Dem außergewöhnlich bescheidenen Umfang seiner Ärmchen nach, hätten die bei all der Last zerbrechen müssen. Doch sie taten es nicht und er schien den Naturgesetzen zu trotzen.

Als wir endlich alle unsere Plätze in dem Auto eingenommen hatten, versteifte sich Dr. Mei plötzlich „Oh mein Gott, Hildegard steht noch in meinem Büro! Ich habe sie total vergessen. Das wird sie mir nie verzeihen!" Und schon sprang sie aus der Limousine und rannte auf das Gebäude zu.

„Wer ist Hildegard?", fragte ich in das Schweigen hinein, das entstanden war.

Überraschend antwortet mir Furi „Engelmannii."

„Wie bitte?"

„Wilder Wein", ich schaute verdutzt, denn ich verstand kein Wort.

„Na, die Pflanze in ihrem Büro!" fuhr Furi offensichtlich genervt von meinem Unverständnis fort.

„Ach, die Kletterpflanze! Die hat einen Namen!?", ignorierte ich ihr Augenrollen.

„Natürlich", es klang herablassend, wie sie dieses eine Wort in den Raum schmiss.

„Was ist eigentlich dein Problem!?", entfuhr es mir.

„Das ganze Theater um dich geht mir auf die Nerven. Na gut, du hattest bisher ein scheiß Leben und ein Jahr im Tiefschlaf macht das nicht besser. Aber ich werde dich nicht wie ein rohes Ei behandeln. Und bilde dir nicht ein du wärst etwas Besseres, nur weil du ohne Hilfe erwacht bist", fauchte sie.

„Woher willst du wissen, dass mein Leben bisher scheiße war? Du kennst mich überhaupt nicht!" Entgegnete ich verunsichert und verärgert gleichermaßen.

Dann wurde unser beginnender Streit jedoch unterbrochen. Dr. Mei war zurück und hatte die Tür des Autos aufgerissen, bevor Furi etwas erwidern konnte. Ein großer, schwerer Karton landete auf meinem Schoß „Vorne ist kein Platz. Bitte geben Sie gut auf sie acht, sie fährt nicht gerne Auto".

Sobald das Auto an fuhr, begann es in dem Karton zu rumoren. Was meine ganze Aufmerksamkeit beanspruchte. Immer fester umklammerte ich den Karton, um ihn irgendwie ruhig zu halten. Er war eindeutig absturzgefährdet. Mein Stresslevel stieg in ungeahnte Höhen. Joshua bemerkte das „Vielleicht solltest du die Kiste öffnen und mit ihr reden..." Ich tat wie geheißen. Doch kaum hatte ich den Karton geöffnet, sprang mir zitterndes Grün entgegen und umschlang mich. Irgendwie fühlte ich mich etwas belästigt von der Pflanze. Mir war noch nie ein so aufdringliches Gewächs untergekommen. Da mir nichts Besseres einfiel, tätschelte ich ein besonders großes, zitterndes Blatt und murmelte beschwichtigend „Alles gut, wir geben auf dich acht." Fast hätte ich der offensichtlich verängstigten Pflanze Atemübungen aufgedrängt. Da fiel mir die Sache mit der Photosynthese wieder ein. Jedoch beruhigte sie sich bereits, sie schlang sich nicht mehr ganz so fest um mich und auch das Zittern ließ nach. Es machte den Eindruck, als würde sie sich langsam entspannen.

Dennoch strich ich weiter über ihre Zweige, denn ich stellte fest, dass ich mich damit auch selbst beruhigte. Da ich nicht mehr all meine Aufmerksamkeit darauf richten musste Hildegard ruhig zu halten, begann ich aus dem Fenster zu sehen. Wir fuhren durch St. Leonhard, das war der mir vertrauteste Teil der Stadt.

„Wo fahren wir denn nun hin, wo befindet sich diese Schule? In Österreich? Europa? Auf diesem Planeten?"

Dr. Mei drehte ihr Gesicht in meine Richtung „Ach so, ja klar, sie befindet sich, wie der Name vielleicht vermuten lässt, im Leechwald."

„Ähm, echt jetzt? Mir ist dort keine Schule aufgefallen bisher."

„Wie die meisten magischen Gebäude, ist sie für Nicht-Erwachte unsichtbar. Aber du wirst sie schon sehen, wenn wir dort sind."

„Aha. Und was ist das nun genau für eine Schule?".

„Dort wird jedem Erwachten anhand seiner Fähigkeiten ein spezieller Unterricht zuteil. Jeder Erwachte hat zwar einen Mentor, aber das ist eher eine Begleitung, der Mentor kann nicht alles vermitteln und hat ja auch noch sein eigenes Leben. Es wird Verschiedenes unterrichtet. Einführung in die magische Welt und ihre Wesen, Gesetze der Magie und so. Am Anfang wird sich der Unterricht auf Theorie konzentrieren, wenn du so willst ein Crashkurs, damit ihr eine Idee bekommt, wo ihr da hinein geraten seid", schmunzelte sie. Ich fand das weniger komisch.

Kapitel 6 (Furi)

Wir parkten in der Nähe des Hilmteichs. Von dort war es nicht mehr weit in den Wald und mitten im Gestrüpp, abseits der Hauptwege, befand sich die Schule.

Tamara und ich trotteten Dr. Mei und Jesper hinterher. Sie ging neben mir und sprach kein Wort. Vermutlich war sie beleidigt und schwieg deshalb. Doch das belastete mich nicht weiter. Ich war einfach froh, dass sie unser hitziges Gespräch im Auto nicht fortzusetzen gedachte, allem Anschein nach. Was hatte diese Frau nur an sich, das mich so provozierte?

Lange beschäftigte mich diese Frage jedoch nicht, denn es gab eine wichtigere, eine unausweichliche. Was würde mich in dieser Schule erwarten?

Doch als ich mich gerade soweit auf die Frage einließ, um wild drauf los zu spekulieren, blieben die beiden vor uns stehen. Eine Schule war allerdings nicht in Sicht, nur jede Menge Bäume, deren Namen ich nicht kannte.

„Schaut mir gut zu Mädchen und merkt euch diesen Felsen dort." wandte sich Dr. Mei an Tamara und mich. Beide traten wir näher an diesen mickrigen Stein, der doch groß genug in der Gegend herum lag, um zwischen den Bäumen irgendwie deplatziert zu wirken. Mei ging in die Hocke, direkt vor dem Stein, legte Zeige und Mittelfinger auf ihren Mund und danach auf den Stein. Ich sah mich um, in Erwartung einer großen Veränderung, einem Haus, das aus dem Nichts auftauchte oder so. Doch es passierte genau gar nichts. Tamara, fiel mir auf, hatte in der Zwischenzeit nicht ein einziges Mal den Blick von dem Stein abgewandt. Vielleicht fand ja dort die Action statt... Aber Fehlanzeige. Der lag noch immer in der Gegend rum. „Da passiert ja gar nichts. Ist er kaputt?" hallte meine Stimme durch das Rascheln der Bäume und das aufgeregte, fast hysterische Gekrächze der Vögel. Das ruckartig verstummte, als hätte ich etwas Unartiges gesagt. Doch Mei lächelte „Nicht so ungeduldig Furi, ihr tut es mir gleich und lasst dann eure Finger so lange auf dem Stein bis er warm wird und es in euren Fingerspitzen kribbelt. Das ist in etwa so, wie wenn ihr wo anläutet. Euer Hiersein wurde dann zur Kenntnis genommen. Danach könnt ihr laut euren Leitspruch sagen, bitte auf lateinisch, ein Wort reicht auch. Nur merkt es euch gut. Es wird nicht nur euer persönlicher Wahlspruch sein, sondern auch als Passwort fungieren. Andere können und werden von eurem Leitspruch erfahren, es geht mehr um die Stimme und wie ihr sie einsetzt dabei, in Kombination eures

Fingerdrucks. Es ist allerdings eine alte Tradition der Schule, dass jeder neue Schüler/in sich hierfür ein Motto überlegt.

Verdammt, Latein war nicht unbedingt meine Stärke. Mir wollten schon Schweißperlen auf die Stirn treten, da fiel mir das allseits bekannte „Carpe diem" ein. Doch ich war nicht als erste an der Reihe, Mei sah ernst zu Tamara hinüber „Okay Tamara, welcher Leitspruch würde dir gefallen, du kannst es auch in Deutsch sagen und ich übersetze für dich." Die antwortete jedoch angeberisch „Scio te ipsum".

„Sehr schön, erkenne dich selbst also", nickte Furi „du bist dran."

„Carpe diem" presste ich hervor und kam mir dumm vor und um es noch zu verschlimmern, entgegnete Dr. Mei „Tut mir leid, aber ich bin mir ziemlich sicher, dass der schon vergeben ist...du könntest ihn erweitern oder einen ähnlichen nehmen..."

„Was heißt denn Nacht?" fragte ich. „Noctis" kam die Antwort in ruhigem ernstem Ton von Jesper. Mei sah mich hingegen erstaunt an „Du möchtest ´Carpe noctis´?"

„Nein ich möchte ´Carpe diem quam noctem´" mir war das Wort, und, gerade eingefallen und ich hoffte, dass die Grammatik zufälligerweise passte.

„Das hat wohl sonst keiner, ´Nutze den Tag und die

Nacht´, sehr gut. Nun führt ihr die Geste aus und wenn der Stein warm wird, sprecht eure Worte."
Wir taten wie geheißen. Als ich die Finger auf den Stein legte, wurde dieser regelrecht heiß, fast hätte ich sie zurückgezogen, doch stattdessen Sprach ich schnell meine Worte. Und hörte genau zu, als Jesper und Mei die ihren sprachen, von ihm kam ein ´Hic et nunc´, diese Phrase erkannte ich sogar als „Hier und Jetzt". Von Mei hatte ich irgendwie etwas dramatischeres erwartet, es kam nur ein "Ego sum." Was sogar ich als Lateinleihe als „Ich bin" erkannte.

Da ruckte Tamaras Kopf hoch „Wo ist eigentlich Joshua hin!?"

„Wir haben ihn doch nicht etwa im Auto vergessen?" fragte Jesper mit vor Schreck geweiteten Augen.

„Alles okay Jesper, das musste früher oder später passieren, ich habe schon darauf gewartet."

„Dr Mei! Sie haben darauf gewartet, dass wir den Jungen im Auto vergessen?"

„Nein Jesper" lachte Mei, um dann in den Wald hinein zu sprechen „Joshi, konzentriere dich bitte auf deine Umgebung, was hörst, riechst, siehst und fühlst du... Ah ja, da ist er ja schon wieder."

Vor Schreck fuhr ich zusammen, neben mir auf dem Boden saß Joshua.

„Oh Gott sei Dank, ihr seht mich wieder. Was ist denn da passiert?", krächzte er, als hätte er zu lange geschwiegen oder geschrien. Statt zu antworten stellte die gute Dr. Mei natürlich eine Gegenfrage „Hast du dich vielleicht unwohl gefühlt bevor das passiert ist?" Er wurde verlegen „Na ja ein bisschen vielleicht, die Stimmung im Auto war nicht so toll und auch hier im Wald nicht. Ich kann unausgesprochene Konflikte nicht leiden", beendete er dann trotzig den Satz. „Danke, ich weiß was los ist, vermutlich wolltest du nicht hier sein, das muss deine Unsichtbarkeit ausgelöst haben. Wenn es wieder passiert, konzentriere dich bitte auf das Hier und Jetzt, wir reden dann später noch. Da du uns vermutlich gehört hast... wie lautet dein Wahlspruch?" Der arme Joshua war sichtlich verwirrt und wurde auch schon wieder verlegen, man erkannte es immer daran, dass seine Ohren sehr rot wurden „Es werde Licht, fände ich schön." Jesper klopfte ihm anerkennend auf die Schulter „Ein gutes Motto, junger Mann."

„Erit lux" also", wiederholte Dr. Mei die Worte auf lateinisch und Joshi tat wie wir anderen vor ihm. Als das vollbracht war, pustete Mei über den Stein. Auf dem erschien sogleich ein Miniatur-Gelände, in goldenem Licht. Es zog mich in seinen Bann, meine Augen waren starr auf den Stein gerichtet, wenn man genau hinsah konnte man Bäume erkennen, ein Haus, nein eher noch eine kleine Burg. Dann ging alles ganz schnell, in rasendem Tempo wurde das Gelände größer und größer. Oder wurde ich hineingezogen in dieses dreidimensionale Bild?

Es ging so verdammt schnell, noch bevor ich der Panik anheim fallen konnte, stand ich auch schon vor einer großen Mauer. Es musste die Mauer sein, die, wie ich gesehen hatte, das Gelände umschloss. Diese war aus massiven, dunkelgrauen Felsbrocken gemacht. Es hätte erdrückend gewirkt, wenn sie nicht auch an vielen Stellen mit dichtem Efeu bewachsen gewesen wäre. Wir standen vor einer großen Tür aus altem, dunklem Holz, in die viele Namen eingeritzt waren und auch der ein oder andere Spruch. Doch auch eine Zugbrücke hätte mich heute nicht mehr überrascht. Warum war diese Schule eigentlich so gut geschützt. Aus Erfahrung wusste ich, dass man vermutlich leichter aus einem Gefängnis rauskam, als in diese Schule hinein. Wozu all diese Sicherheitsmaßnahmen? Selbst jetzt konnten wir nicht einfach hinein. Aus einer Sprechanlage neben der Tür schepperte eine männliche Stimme „Passwort?". „Freya geleite uns" antwortete Mei und an uns „Merkt es euch, es gilt bis Ende des Monats, dann erhaltet ihr ein Neues".

Die Doppeltür öffnete sich langsam, unter ächzen. Zu langsam, am liebsten hätte ich mich durch den ersten dünnen Spalt gequetscht, der sich auftat. Doch ich wollte nicht schon in den ersten Sekunden an der Schule einen schlechten Eindruck machen. Daher blieb ich artig stehen und wartete, als besäße ich Geduld.

„Meine Güte, das geht aber auch langsam... kommt Leute, da passen wir schon durch, von uns ist keiner besonders breit", erklang Meis Stimme neben mir und wenn sie sich nicht so geschwind durch den Spalt gedrängelt hätte, wäre das ein Moment gewesen, in dem ich sie wohl vor lauter Zuneigung in meine Arme geschlossen hätte. Diese intensiven Zuneigungsanwandelungen überraschten mich in letzter Zeit häufiger, in allen möglichen und unmöglichen Situationen. Während die anderen noch irritiert auf den kaum breiter werdenden Spalt starrten, tat ich es der guten Mei gleich und zwängte mich ebenfalls hindurch.

Vom Tor weg schlängelte sich ein Weg, aus hellem Stein, er führte durch ein Gelände, dass einem Dschungel glich, Pflanzen in allen erdenklichen Farben wucherten und wuchsen am Wegrand. Bäume, groß und klein, verteilten sich abseits der Wege in Farben, die ich keinem Baum je zugetraut hätte. Einer sah aus wie eine Trauerweide, den einzigen Baum den ich namentlich erkannte, mal abgesehen von einem Tannenbaum, doch er strahlte in sattem Pink. Es war der bis dahin schönste und erstaunlichste Anblick, der sich mir je bot. In der Ferne erkannte ich zwischen den Bäumen ein massives gelbes Haus, mit 2 kräftigen Türmen, dass noch immer sehr an eine Burg erinnerte. Jedenfalls sah es aus wie die Burgen, die ich als Kind immer aus Lego gebaut hatte. Ich konnte bereits sehen, dass, wenn wir dem Weg weiter folgen würden, es zwei Abzweigungen geben würde, eine nach links und eine nach rechts, oder aber man folgte dem Weg weiter geradeaus und ging direkt auf das große Haus zu. Die Stelle sah aus wie ein Kreuz und hatte etwas fast Hartes, geometrisches in all dem bunten Gewuchere. Einige der Pflanzen sahen aus wie gemalte Kunstwerke, man hätte vor einer alleine Stunden staunend stehen können und doch bewegten sie sich ganz natürlich im Wind und ließen keinen Zweifel an ihrer Echtheit erkennen. Doch etwas erstaunte mich. Außer unserer staunenden, kleinen Gruppe, war kein Mensch in Sicht.

„Sommerferien, so friedlich ist es hier selten, die ersten Schüler kommen in einigen Tagen wieder" klärte Jesper uns auf, als hätte er in meinen Gedanken gestöbert.

„Darf man den Weg verlassen, ich würde mir diesen pinken Baum da vorne rechts gerne anschauen?", fragte ich mit einem dezenten Hauch von Ehrfurcht in der Stimme.

„Aber natürlich Furi, es darf auch alles berührt werden, solange es mit Achtung und Respekt passiert", antwortete Mei und in ihrer Stimme schwang etwas mit, dass ich als Freude erkannte. Ich richtete meine Augen für einen Moment weg von diesem faszinierenden Baum zu ihr hin und fand in ihren Augen was ich erwartet hatte, ein freudiges Glänzen. Sie bemerkte meine Aufmerksamkeit „Es tut gut wieder hier zu sein, kommt wir sehen uns diesen wunderbaren Baum genauer an und dabei erkläre ich euch noch das ein oder andere über diesen außergewöhnlichen Ort". Gemeinsam machten wir uns auf in Richtung des Baumes, das Gras war weich unter meinen Füßen, fast, als würde es meine Schuhe verschlucken. Keiner von uns sagte ein Wort, Staunen und Spannung verschlug uns die Sprache. Zu dem Baum war es nicht weit und doch wirkte er aus der Nähe noch einmal ganz anders. Es waren verschiedene, tiefe und warme Pinktöne, die von den kleinen Blättern ausgingen. Vorsichtig berührte ich ein etwas größeres von ihnen mit meinen Fingerspitzen. Das Blatt fühlte sich an, naja, wie ein

Blatt eben. Doch als meine Fingerspitzen bereits eine kurze Zeit darauf verweilten, änderte sich etwas, das Blatt strahlte sanftes Pink aus. „Seht ihr das auch?", fragte ich verblüfft in die Runde, bestätigendes Nicken kam von den anderen und Dr. Mei meinte „Der Baum scheint dich zu mögen, sollte er anfangen dunkler zu strahlen kann das ein Zeichen sein, dass dies nicht der Fall ist, oder er gerade nicht in Stimmung ist für Streicheleinheiten, dann solltest du dich erstmal zurückziehen. Das gilt natürlich für euch alle. Er wird immer in der Farbe seiner Blätter strahlen, wenn die Strahlung heller ist als das berührte Blatt gut, wenn dunkler nicht gut. Ach ja und wenn der Baum gar nicht reagiert, könnte er krank sein. Dann sagt es bitte einem Lehrer. Diese Regel gilt für jede Pflanze hier. Nähert euch bitte immer achtsam.

Ein kurzer Windstoß verwehte die nach unten hängenden Zweige und gab den Blick auf den Stamm des Baumes frei, er war rotbraun, verwachsen und wirkte alt. Wunderschön, dachte ich mir, da wurde ich aus meinen Gedanken gerissen. Jesper hatte mir auf die Schulter getippt, damit ich ihn ansah „Sie lädt dich ein näher zu kommen, siehst du, die Äste bleiben wo sie sind und geben dir den Weg zum Stamm frei. Das ist außergewöhnlich und in der Geschichte der Schule noch nie vorgekommen. Dieser Baum ist nämlich ausgesprochen scheu" flüsterte er, als hätte er Angst, den Baum zu verschrecken, um dann fortzufahren „Geh ruhig hinein, aber du musst alleine gehen. Dieses Zeichen galt eindeutig nur dir". Im ersten Moment wollte ich Jesper fragen, ob er sich sicher war, doch dann folgte ich einem anderen Instinkt, ich fragte stattdessen den Baum. Meine Hand fuhr vorsichtig über einen der Zweige die es auf die Seite gewebt hatte und hinterließ dabei eine, in hellem Pink strahlende, Spur. Mehr Zustimmung brauchte ich nicht um mich vorsichtig, Schritt für Schritt, dem Stamm des Baumes zu nähern. Als ich mich kurz umdrehte, sah ich, wie die Zweige in meinem Rücken wieder still zu Boden hingen. Sie wuchsen so dicht, dass sie den Blick versperrten auf die Menschen die ich gerade zurückgelassen hatte. Als ich den Stamm aus der Nähe sah stellte ich fest, dass jemand sich in ihm verewigt hatte, jemand hatte Spuren hinterlassen.

„Kein Wunder, dass du so scheu bist. Du trägst Narben und sie stammen von Menschenhand", es fühlte sich ganz natürlich an, mit diesem Baum zu sprechen. Ich sah mir genauer an was da eingeritzt war, es war ein merkwürdiges Zeichen, ich würde es mir gut einprägen, vielleicht bedeutete es etwas. Oder es stand für den, der das getan hatte. Wenn mir dieser jemand über den Weg lief, konnte er froh sein, wenn ich ihm nichts einritzte.

Einem Gefühl folgend suchte ich nach einer unverletzten Stelle an dem starken Stamm und lehnte meinen Kopf dagegen „Meine Narben darf auch niemand sehen." Irgendetwas tief in mir löste sich, eine starre Verkrampfung wurde weicher und Tränen stiegen in mir auf. Sofort löste ich mich von dem Baum „Ich bin noch nicht soweit", war alles was ich hervorbrachte, bevor ich mich abwandte, und den Weg zurück, zum Rest der Gruppe, antrat. Dort angekommen, wurde ich von Jesper mit den Worten begrüßt „Da entdeckt wohl jemand seine sanfte Seite", begleitet von einem Lächeln. Ich war entsetzt, hatten sie etwas von all dem mitbekommen!? Wie immer häufiger in letzter Zeit schlug die Angst jedoch in Wut um „Ich bin eine erwachte Kriegerin, ich bin nicht sanft! Sondern stark." Es war diese Tamara, die auf meine Ansage reagierte. Mit ihren großen, hellbraunen Rehaugen sah sie mich an und meinte „Das eine schließt das andere nicht aus", die Art, wie sie mich ansah, war erstaunlich, direkt und offen. Ihre Stimme lauter als je zuvor. Ich starrte sie an, als würde ich sie zum ersten Mal sehen, denn genau so fühlte es sich an. Sie wich meinem Blick nicht aus, sondern hielt ihm stand. Nichts herausforderndes lag in ihren Augen und doch war ich es, die nun auswich. Bevor ich wusste wie mir geschah, inspizierte ich meine Schuhspitzen. Meine Wut war wie weggeblasen, ihre Worte machten mich unsicher und verflucht noch mal, jeder konnte es sehen. Schnell hob ich meinen Kopf wieder, so interessant waren meine Schuhe nun wirklich nicht.

Kapitel 7 (Tamara)

„Also Leute, ich muss euch etwas erklären, an Orten an denen sehr viel und über lange Zeit Magie aktiv gelebt wird, wirkt sich das auch auf die nächste Umgebung aus. Sie entwickelt ein Eigenleben, so wie diese Pflanzen hier", sprach Dr. Mei in die kleine Gruppe hinein, die um sie stand. Wir lauschten voller Spannung, als sie fortfuhr „Das Haupthaus zum Beispiel ist heute guter Laune, man erkennt es daran, dass die Rollläden an den Fenstern nicht geschlossen sind, dennoch wäre es ratsam, es nicht zu verärgern. Haltet euch bitte, so gut es geht, an die Hausordnung, sie besteht aus gutem Grund. Wenn wir jetzt gleich rüber gehen, putzt euch die Schuhe ab, egal ob dreckig oder nicht. Glaubt mir, ihr wollt ganz sicher einen guten ersten Eindruck machen. Und das Haus empfindet es scheinbar als unhöflich, wenn ihr das nicht tut. Überhaupt ist es sehr wichtig es sauber zu halten. Chaos hingegen stört das Haus eher weniger. Es ist überhaupt einsehr empfindsames Haus, im Winter wird es gelegentlich depressiv, daher brauchen wir in dieser Zeit ganz viele Lichterketten, Schneekugeln und kitschige Musik. Aber gut, bis dahin dauert es noch. Wenn wir das Haus betreten, tut es mir einfach nach und wenn wir drinnen sind hole ich euch erst einmal eine Hausordnung", sie schloss ihren kurzen Vortrag mit den Worten „Wird schon gut gehen", begleitet von mehrfachem Nicken des Kopfes, fast so, als müsste sie sich selbst überzeugen.

„Kein Grund zur Sorge Leute, die Frau Direktorin ist nur etwas aufgeregt, als sie noch eine junge Lehrerin hier war, also vor Ewigkeiten, hat sie das Haus mit Schlamm beschmutzen Schuhen betreten, es dauerte sehr lange bis das Haus ihr verziehen hatte. Frau Doktor kam zu jeder Stunde zu spät, weil bei ihr sämtliche Türen klemmten" erklärte Jesper und lachte vergnügt bei der Erinnerung an diese Zeit. Beruhigend fand ich seine Worte überhaupt nicht und wenn ich in die Gesichter der anderen sah, schien es ihnen nicht anders zu gehen. In was für eine verrückte Welt war ich da nur hineingeraten. Bei Berührung strahlende Pflanzen, ein ganzes Gelände auf einem Couchtisch großen Stein und ein gelegentlich depressives Haus. Und doch ließ meine Angst mehr und mehr nach und wich einer freudigen Aufregung. Noch nie hatte ich mich so lebendig gefühlt wie an diesem Ort. Alles war neu, spannend, intensiv. Sogar diese Furi fing an mich zu interessieren. Sie hatte diesen Baum mit einer Achtsamkeit und Vorsicht berührt, die ich ihr nie im

Leben zugetraut hätte. Herausforderung folgte auf Herausforderung, natürlich war ich mächtig aufgeregt, wenn ich an das Haus dachte. Aber was für eine Freude es sein würde, es zu erkunden. Es gab so viel zu entdecken.

Gemeinsam gingen wir über die Wiese zurück zum Weg und folgten ihm in Richtung Haus. Keiner sprach und plötzlich bemerkte ich etwas, das mich schon die ganze Zeit irritiert hatte. Es war still, total still. Es waren keine Schüler da, aber was war mit Tieren und auch der Wind, der gelegentlich durch Zweige fuhr, verursachte kein Geräusch.

„Warum ist es denn so still hier?"

„Huch, das habe ich ganz vergessen, stellt euch doch bitte einfach vor, Name und Leitspruch reichen, aber solltet ihr das Bedürfnis haben mehr zu sagen, gerne. Alle warten sicher schon gespannt" antwortete Dr. Mei auf meine Frage.

„Wer ist alle?" Kam nun die nächste Frage von Joshua.

„Na ja, die Tiere, und so, Vögel, Eichhörnchen, Regenwürmer...".

Etwas überrascht taten wir, wie geheißen. Als ich an der Reihe war, fügte ich, nachdem ich meinen Leitspruch, ′Erkenne dich selbst′, gesagt hatte, spontan hinzu „Schön hier sein zu dürfen". Ich war die Letzte gewesen, kaum waren meine Worte hinaus und sicher, dass keine mehr nachkamen, brach Wirbel aus. Spatzen, die sich in den Bäumen versteckt hatten, kamen auf uns zu gehüpft, irgendwo klopfte vermutlich ein Specht auf Holz, ein Eichhörnchen kletterte in aller Seelenruhe von einem Baumstamm. Ich liebte Spatzen, schon immer. Früher hatte ich immer einen Beutel mit kleinen getrockneten Brotstücken für sie dabei gehabt. Der ein oder andere hatte mir im Laufe der Zeit schon aus der Hand gefressen. Ich bedauerte gerade, dass ich heute nichts dabei hatte, da landete der erste von ihnen auf meiner Schulter, ein weiterer folgte und Nummer drei machte es sich, so wie es sich anfühlte, auf meinem Kopf gemütlich. Breit grinsend stand ich da „Was ist denn mit denen los?" Jesper schmunzelte „Naja, die merken halt, wenn sie jemand gern hat. Jetzt freust du dich noch, aber die können ganz schön lästig werden. So wir sollten weiter, es gibt schon bald Mittagessen. Das will ich nicht verpassen." Also gingen wir weiter, die anderen mussten immer wieder auf mich warten, da ich ganz vorsichtig ging, es könnte ja sonst ein Spatz abstürzen, sie taten das jedoch, wie es mir vorkam, ganz gerne und mit einiger Belustigung. Als wir allerdings dem Haus schon sehr nahe waren, flogen sie doch wieder ihrer Wege. Das Haus war in einem warmen

Gelbton gestrichen, es gab viele große Fenster deren Rahmen rot lackiert waren. Tür und Dach waren in demselben Rotton gehalten. Es wirkte ein bisschen verspielt und gar nicht, als könnte es auch depressiv sein. Mit den Türmen, die rechts und links in die Höhe ragten, wirkte es aber auch etwas wuchtig. Wir erreichten gerade die breite natürlich auch rote Tür. Da kam Bewegung in den Karton, den Dr. Mei die ganze Zeit getragen hatte, es rumpelte gewaltig darin. Erst da fiel mir wieder ein, dass sich ja Hildegard in der Kiste befand.

„Sorry Leute, aber erstmal müssen sich die beiden begrüßen, es sind alte Freunde." Sie stellte den Karton an der Hauswand ab und öffnete ihn. Sofort schossen Zweige daraus hervor und klebten ein paar Sekunden später an der Wand neben der Tür. Ein paar weitere Sekunden und Hildegard schlängelte sich an dem Türrahmen entlang und blieb dann hell strahlend wo sie war. Auch das Haus schien beglückt, es vibrierte wie eine elektrische Zahnbürste für Kinder. Jedenfalls hörte es sich kurze Zeit genauso an. Da Dr. Mei freudig strahlte wie eine 200 Watt Glühbirne, hielt ich das für ein Zeichen von Glück, das Haus betreffend. Rein theoretisch hätte es ja auch ein zaghafter Versuch sein können, Hildegard abzuschütteln.

„Gut Leute, putzt euch brav die Schuhe ab und

berührt mit der linken Hand die Hauswand. Öffnet die Tür beim ersten Mal nicht selbst, das Haus wird das für euch tun, hoffe ich." Dr Mei tat es uns vor, als sie die Linke auf die Wand legte, öffnete sich diese ruckelig und unter mächtigem Quietschen. Als würde die Tür klemmen. Mei lachte kurz auf und trat ins Haus. Während ich mich noch fragte, ob das Haus gerade einen Scherz gemacht hatte, schlossen sich die Türen schon wieder, ohne zu ruckeln und ohne zu quietschen. Also hatte sich das Haus wohl wirklich einen Scherz erlaubt. Es war mir sympathisch. Wir anderen standen nun vor den geschlossenen Doppeltüren bis Jesper meinte „Ach kommt schon, nicht so schüchtern, wer möchte als nächster eintreten?"

Natürlich trat Furi sofort vor, sie hatte wohl mal wieder das Bedürfnis, Stärke zu zeigen. Fast so, als wüsste sie nicht, dass sie tatsächlich stark war. Und zwar für jeden gut sichtbar, auch für mich. Tatsächlich strahlte sie eine Kraft und Sicherheit aus, die mir sehr gefallen hätte, wäre sie nicht mit einer zur Schau gestellten Arroganz einher gegangen. Kaum hatte sie die Hand auf die Tür gelegt, öffnete sie sich lautlos für sie. Joshua folgte, es dauerte etwas länger, aber auch für ihn öffnete sie sich. Als er hindurch war und die Tür wieder geschlossen, sah ich zu Jesper, er nickte „Nur zu!"

Kaum hatte ich mit der Hand die Wand berührt, öffnete sich die Tür. Doch als ich hindurch wollte, schloss sie sich wieder und ich wäre fast dagegen gelaufen. Hilfesuchend schaute ich zu Jesper „Versuche es erneut" wies er mich ebenfalls unsicher an. Ich startete einen weiteren Versuch und noch einen und noch einen. Immer mit dem gleichen Ergebnis. Ich war langsam am verzweifeln, da rief Dr. Mei aus dem Inneren des Hauses als die Tür gerade offen stand „Lass die Hand an der Wand." Ich tat wie geheißen und die Tür blieb offen. Erstaunt trat Jesper hinzu und auch Dr. Mei kam näher. „Was bedeutet das?" fragte Jesper. „Ich glaube das Haus mag nicht, dass du deine Hand wieder fort nimmst. Die gute Nachricht ist, ich denke das Haus mag dich, da bin ich mir relativ sicher", richtete Mei ihre Antwort an mich „Die schlechte Nachricht, es will deine Hand spüren und so kommst du hier nicht rein".

Meine Verzweiflung gedieh kurz vor sich hin. Da kam mir eine Idee. Wer sagte denn, dass es genau diese Stelle sein musste, mit genau dieser Hand... Ungeschickt kämpfte ich mich aus Schuhen und Socken, so dass ich barfuß vor der Tür stand. Es funktionierte, als ich die Hand wegnahm blieb die Tür offen. Ich konnte eintreten. Das Haus mochte scheinbar direkten Hautkontakt. Sehr schräg. Aber dank meiner Idee konnte ich mich nun frei bewegen. Mei, Furi, und Joshi sahen mich erstaunt an und Mei meinte „Geniale Idee".

Mittlerweile war auch Jesper eingetreten „Eine Dauerlösung ist das allerdings nicht. Im Winter wird das sicher unangenehm...".

Ein bisschen stolz war ich dennoch, ich hatte meines Wissens noch nie eine geniale Idee gehabt.

„Gut, wo wir noch alle beisammen sind, kurze Erklärung, rechts und links von euch in den Türmen führen Wendeltreppen in die oberen Stockwerke, sie fungieren beide auch als unsere Bücherei, aber das stellt ihr schon fest, wenn ihr die Wendeltreppe hinauf geht. Ganz oben im Dach befinden sich die Schlafräume, im 2. Stock die Gesellschaftsräume, Küche und so, im 1. die Unterrichtsräume und hier unten Lehrerzimmer, Sekretariat, Aula usw. Des Weiteren gibt es im Keller Trainingsräume und eine Waffenkammer, die ihr ohne Aufsicht nie öffnet. Wir treffen uns zu Mittag im Speisesaal. Der ist in der Nähe der Küche. Furi, Tamara, ihr teilt euch eines der Doppelzimmer mit der Nummer 5. Joshua, du bist erst einmal alleine in einem Doppelzimmer, Nummer 3. Ich werde veranlassen, dass euch eure Schulbücher, Gepäck und die Hausordnung auf eure Zimmer gebracht werden. Ihr müsst euch also fürs Erste um nichts kümmern", erklärte Dr. Mei und eilte mit den Worten „Bis später" davon. Jesper meinte „Ja, ich bin dann auch mal weg, bis später". Und da blieben nur noch wir drei übrig. Ich wagte es nicht, Furi anzusehen. Als Dr. Mei gemeint hatte, wir würden uns ein Zimmer teilen, hatten wir uns gegenseitig kurz und schockiert angeblickt und dann schnell wieder weg.

„Was meint ihr beiden, gehen wir zusammen auf Zimmersuche?" beendete Joshua das Schweigen. Schnell antwortete ich „Ja, klar", und auch Furi, die ich links an meiner Seite aus dem Augenwinkel wahrnahm, meinte „Sicher, links oder rechts, welcher Turm soll es sein?" Ich zuckte nur mit den Schultern „Mir egal". Ich hatte den vagen Verdacht, dass es nicht nur die Situation war, die mich etwas nervös machte, sondern auch diese Furi. Die Sache mit dem Baum hatte meine Wahrnehmung von ihr verändert. Etwas an ihr gefiel mir, ja zog mich sogar an, noch wusste ich jedoch nicht, was es war und jetzt würde ich mir auch noch ein Zimmer mit ihr teilen.

Kapitel 8 (Furi)

Ach du meine Güte, wie war das denn jetzt passiert. Diese Tamara befürchtet, mich anziehend zu finden. Was ich gar nicht wissen dürfte, ich hatte es auch gar nicht darauf angelegt, in ihren Gedanken zu stöbern, es war einfach passiert. Verdammt. Da half nur ablenken, ganz dringend an was anderes Denken. Und bloß nicht aus Versehen in ihren Kopf stolpern! Hmmm, was sie wohl sonst noch dachte? Aber nein, das durfte ich nicht. Und überhaupt, ich bekam schon gar nichts mehr mit von meiner Umgebung. Naja aber so ein klitzekleiner Ausflug in ihre Gedanken... was konnte schon passieren!? Sammeln, fokussieren, so und jetzt entspannen und Kopf leeren. Es ging schon fast wie von selbst und dann plötzlich in meinem Kopf: Okay, sie sieht nicht schlecht aus, aber das ist es auch nicht, was macht sie anziehend für mich, es kann ja wohl kaum ihre Überheblichkeit und die Herablassung mir gegenüber sein. Warum denke ich überhaupt über sie nach. Ich sollte mich ablenken...

Ich konnte mich nur mit viel Mühe davon abhalten sie an zu fauchen, ich war doch nicht überheblich oder herablassend!

Es muss die Sache mit dem Baum sein, stark und

doch verletzlich, sanft aber sicher. Und irgendwie ist sie ja echt süß, wenn sie nicht gerade auf super cool macht. Oje sie sieht mich an, jetzt bloß nicht rot werden... wenn die wüsste, was ich gerade denke!

Herrjemine, ich musste damit aufhören. Ich konzentrierte mich auf Joshua, der war schon länger still, ich fand ihn zwar langweilig, aber egal. Blöderweise blickte ich ihm zu lange in die Augen, mit leerem Kopf. ´Samson, wir sind tatsächlich hier, wie du es gesehen hast, tatsächlich ohne dich. Deine Prophezeiung beginnt sich zu erfüllen. Wenn du recht hast wird keiner von uns das überleben. Nicht alleine. Ich muss es ihnen sagen, bald. Egal wie hoch das Risiko ist. Ich habe keine...´

Im Gehen hatte ich etwas angerempelt, ich war wieder voll da und befand mich in meinem eigenen Kopf. Vor mir stand eine große schlanke Frau und spie mir die Worte „Passen sie doch auf!", entgegen. Offensichtlich hatte ich nicht Etwas, sondern einen Jemand angerempelt „Sorry" murmelte ich und wollte weiter, Tamara und Joshua waren schon bei der Wendeltreppe und warteten auf mich. „Ein ´Sorry´ wird nicht reichen, junge Dame!", entgegnete die Frau und hielt mich am Ärmel fest, um mich am weitergehen zu hindern. Verärgert riss ich mich los und sah aus dem

Augenwinkel, dass Joshua und Tamara mit besorgten Gesichtern zu uns stießen. „Was wollen sie denn noch!? Tut es eine Verbeugung oder brauchen sie einen Hofknicks?". „Ich denke eine Verbeugung wird genügen", sagte die Frau lächelnd, die hatte doch echt einen an der Klatsche. Sie machte eine merkwürdige Geste mit der Hand direkt vor meinem Gesicht, dann schloss sie diese Hand zur Faust, ich wollte schon fragen, was der Blödsinn sollte, da zog sie die Hand herunter in Richtung Boden. Mein verdammter Kopf folgte der Bewegung und der Rest meines Körpers folgte dem Kopf. Als würde ein Druck auf meinen Körper ausgeübt. Ich stemmte mich mit all meiner aufflammenden Wut dagegen, doch es half nichts. Ich konnte nur zornig zu ihr hinauf funkeln „Hören sie gefälligst auf damit!" stieß ich durch zusammengebissene Zähne hervor. „Sag bitte" kam die Antwort. Mein Herz begann zu rennen, es legte einen Sprint hin vor lauter Wut die nicht raus konnte. Da stellte sich jemand zwischen mich und ihre Hand. Der Bann war gebrochen. Ich stürzte auf die Frau zu, doch sie wischte mich mit einer Bewegung fort und ich landete auf dem Boden. Wieder stellte sich jemand dazwischen und nun erkannte ich auch wer, es war doch tatsächlich diese Tamara „Genug", war alles was sie sagte.

Die Frau lachte „Was willst du denn tun, kleine Heilerin? Mich angreifen wirst du wohl kaum. Es ist deinem Wesen zuwider. Das habe ich noch nie verstanden. Aber ich bin ja auch eine Kriegerin", wieder machte sie diese Geste und Tamara lag neben mir am Boden. Von der Seite hörte ich Schritte nahen, es war Joshua, er hatte Dr. Mei geholt.

„Melinda, wie unerfreulich dich zu sehen. Lass sofort meine Schüler in Ruhe!", Meis Stimme klang ruhig, als wäre nichts Außergewöhnliches vorgefallen. Die Frau lächelte mal wieder freudlos „Noch sind es meine Schüler. Mein Dienst als Direktorin endet erst nächste Woche."

Mei blieb weiter ruhig „Melinda, willst du dich wirklich auf ein Kräftemessen mit mir einlassen? Wir wissen doch beide, es wird ausgehen wie immer... und wegen genau so einem Verhalten wurdest du aus deinem Dienst entlassen. Tue dir selbst einen Gefallen und geh."

„Du warst 20 Jahre fort, was bildest du dir ein!? Und ein Verstoß von deiner Seite und ich melde dich der Kommission, mal schauen wie das ausgeht, ist ja schließlich nicht dein erster Verstoß... also greif mich ruhig an, ich warte nur darauf." Jesper war hinzugekommen, führte eine kräftig Bewegung mit den Armen aus und nun landete die Frau auf dem Boden. Entgeistert sah sie zu ihm auf „Was nehmen sie sich heraus, sie sind verdammt noch mal nur ein Hausmeister".

„Feuern sie mich doch, das ist es mir wert! Aber sie verschwinden und zwar sofort!". Die Frau rappelte sich auf, warf uns noch einige zornige Blicke zu und verschwand tatsächlich „Das werden sie bereuen!", spie sie noch vor sich hin, bevor sie aus der Tür war.

„Danke Jesper, das war knapp. Bring doch bitte Tamara und Furi zu Isolde, nur um sicher zu gehen, dass sie sich nichts getan haben", die Arme klang sehr erschöpft.

„Natürlich. Du hast viel gelernt in diesen 20 Jahren. Die alte Selena hätte ihr erst mal eine drübergezogen und dann geredet", er lächelte, doch Mei konnte es scheinbar nicht erwidern „Bring sie einfach zu Isolde".

„Okay Furi, Tamara, folgt mir bitte, hier unten befindet sich eine kleine Krankenstation, dort müssten wir Isolde finden". Wir gingen zurück zum Haupteingang, gegenüber der Haustür gab es eine weitere große Holztür. An der Wand waren Schilder angebracht, die darauf hinwiesen, dass sich hinter dieser Tür Sekretariat, Lehrerzimmer, Direktion und auch die Krankenstation befanden. Ich versuchte zu verarbeiten, was gerade passiert war und was ich gehört hatte. Mei war nicht immer diese Selbstbeherrschung in Person gewesen. Und auch Fetzen von Joshuas Gedanken flatterten mir noch durch den Kopf. Ich musste ihn unbedingt darauf ansprechen.

Doch um das zu verarbeiten blieb kaum Zeit, so in Gedanken versunken bekam ich nur vage mit, dass wir hinter der Tür einen Korridor entlang gingen und durch eine Glastür auf der Krankenstation stand. Kaum waren wir da, kam uns eine Frau in weißen wehenden Gewändern entgegen und ein merkwürdiger Kräutergeruch lag in der Luft, wobei ich nicht sagen konnte ob der Geruch von der Frau ausging oder von der Station selbst.

„Ah ihr seid die neuen Schüler, ich bin hier die leitende Heilerin und auch Lehrerin für dieses Fach. Schön, dass ihr hier seid. Nennt mich einfach Isolde. Ich mag diesen Förmlichkeitsblödsinn nicht. Es sei denn, ihr fühlt euch damit unwohl?"

„Ich mochte sie auf Anhieb, sie wirkte herzlich und fröhlich. Es gab nicht viele Menschen, denen ich das abkaufte, aber bei ihr wirkte es ungemein natürlich. „Das passt perfekt, ich heiße Furi", stellte ich mich vor.

Auch Tamara stellte sich vor. „Sehr schön, Tamara und Furi, dann schaue ich mal kurz in eure Akten. Viel wird nicht drin stehen, ihr seid ja erst gekommen. Aber ich bin neugierig. Ah schöne Leitsprüche habt ihr beiden. Oh oje, du warst der Schützling von Samson. Furi du hast mein aufrichtiges Mitgefühl, so etwas sollte nicht passieren. Er fehlt uns allen sehr. Er war ein guter Mann und ein tapferer Krieger. Bitte melde dich bei mir, wenn du etwas brauchst! Manchmal braucht auch die Seele Unterstützung beim Heilen. Ich verstehe mich ganz gut mit euch Kriegern. Ich verstehe diese ständigen Konflikte und Vorurteile zwischen diesen Klassen der Magie nicht". Ich war erleichtert, als sie meine Akte wieder weg legte. Das alles wurde mir langsam zu viel, ihr aufrichtiges Mitgefühl trieb mir die Tränen in die Augen. Und was meinte sie für Konflikte? Zu viele halbe Informationen an diesem Tag. Ich brauchte ein wenig Zeit für mich. Isolde hatte mich die ganze Zeit aufmerksam betrachtet. „Du brauchst Ruhe, dein Geist ist in Aufruhr, aber sonst scheint es dir gut zu gehen. Lass mich nur vorsichtshalber deine Aura abtasten". Sie begann mit den Händen ca. 3 cm von meinem Körper entfernt herum zu streichen und redete dann weiter „Okay dein aufgewühlter Geist scheint deinen Bauch ebenfalls in Aufruhr zu versetzen. Ich gebe dir ein paar Kräuter mit, sollte es nicht besser werden. Aber wahrscheinlich wird Ruhe reichen. Sonst bist du ein Prachtexemplar für

Kraft und Gesundheit. Möchtest du lieber gleich gehen? Oder noch auf Tamara warten?"

Eigentlich wollte ich nichts lieber, als mich gleich ins Zimmer zu verziehen. Aber ich war auch neugierig, was vielleicht schon in Tamaras Akte stand. Daher blieb ich.

„Nun zu dir Tamara, ach herrje, du hattest es aber auch nicht leicht in letzter Zeit. Ein Jahr im Tiefschlaf steht hier. Du bist Mei`s Schützling!? Jedenfalls steht das hier. Also so was habe ich noch nie gehört. Ich könnte schwören, dass du ebenfalls eine Heilerin bist. Aber Mei ist eine Kriegerin... Davon abgesehen hatte sie ja schon einen Schützling. Oh, ich scheine dich zu verwirren". Tamara sah tatsächlich aus als hätte sie so viele Fragen im Kopf, dass sie ihr gleich zu den Ohren herauskamen. Ihr Mund stand leicht offen, das tat er auch, wenn sie staunte, war mir aufgefallen. Es sah irgendwie süß aus. Vor allem wenn es ihr selbst auffiel und sie in ganz schnell zuklappte und dabei verlegen grinste.

„Also zur Erklärung. Man hat im Leben immer nur einen Schützling und der gehört normalerweise der gleichen Klasse an. Klassen sind die Gruppen in die man einen Magier oder eine Magierin einteilen kann. Es gibt die Heiler, die Seher, die Wandler und die Krieger. Wenn die Hauptfähigkeiten im

Bereich der Heilung liegen ist man ein Heiler. Das heißt aber nicht, dass man nicht auch andere Fähigkeiten entwickeln kann, die in anderen Bereichen liegen. Es gibt nur zwei Gruppen, bei denen sich gezeigt hat, dass sie einander ausschließen. Das sind die Heiler und Krieger. Sie sind auch von ihrem Wesen her so verschieden, dass sie oft nicht gut miteinander klarkommen. Daher ist es so ungewöhnlich, dass du Mei`s Schützling bist. Und wie ich sehe, teilt ihr beiden euch auch ein Zimmer, du und Furi. Ich frage mich, was Selena sich dabei gedacht hat... Aber sie ist die weiseste Kriegerin die ich kenne. Sie steckt euch sicher mit gutem Grund zusammen. So, lass mal deine Aura abtasten." Sie tat das Gleiche wie bei mir und als sie allerdings in der Herzgegend ankam erstarrte sie kurz, sagte jedoch erst, als sie mit dieser merkwürdigen Art der Untersuchung fertig war, „Mädchen wenn du deine Emotionen nicht bald heraus lässt, bekommst du noch mehr Verspannungen, du stehst wirklich gewaltig unter Strom. Deine Aura knistert ja schon. Ich empfehle ganz dringend Sport und Bewegung. Zur Milderung, aber das alleine wird nicht reichen. Ich möchte das du Morgen noch einmal zu mir kommst, am besten am Vormittag. In deiner Akte steht, du hast noch keine Fähigkeiten gezeigt. Mal schauen, vielleicht können wir sie hervorlocken. So, wenn ihr noch auf euer Zimmer wollt vor dem Essen, müsst ihr euch beeilen. Bis später."

Kapitel 9 (Tamara)

Furi und ich waren endlich bei der Wendeltreppe angekommen. Sie war so beeindruckend, dass ich die merkwürdigen Ereignisse und das Gespräch mit der Heilerin für einen Moment vergaß. Die Wendeltreppe befand sich in einem der Türme. Die Wände schienen nur aus Büchern zu bestehen. Während man nach oben schlenderte, auf den breiten, hellen Holzstufen, die leise knarrten, konnte man gemütlich stöbern und zugreifen. An vereinzelten Stellen fehlte ein Buch und man erkannte, dass sich dahinter doch eine weiß gestrichene Wand befand. Es roch nach Staub und Moder. Viele Bücher schienen kurz vor dem totalen Zerfall zu stehen. Ich liebte es. Nur die Titel der Bücher waren teilweise irritierend, da gab es eines, das hieß, ´Geschichte der angewandten Magie´, oder ein anderes ´Gestaltwandeln für Anfänger´. Ein weiterer Titel lautete ´Konfliktbewältigung für Heiler und Krieger´. Meine Neugier siegte, ich griff danach und nahm es mit, für später zum Lesen. Furi schien nicht übermäßig interessiert an den Büchern, sie stand bereits am Ende der Treppe und drängte zur Eile. Ich wollte schnell zu ihr stoßen. Da stellte sich mir ein Buch in den Weg. Es schob sich in dem runden Regal nach vorne.

Vorsichtig schob ich es wieder zurück. Doch es glitt immer wieder nach vorne. Fast als wollte es sagen „Nimm mich mit, lies mich". Daher nahm ich es in die Hand, mich fragend, ob das Haus mir gerade einen Buchtipp gab oder hier sogar die Bücher ein Eigenleben entwickelten. Auf dem Einband stand: Magie der Generationen, Texte zum besseren Verständnis der Wurzeln und Anfänge der Magie. Ich beschloss, auch dieses Buch mit zu nehmen und eilte die letzten Stufen hinauf.

Oben bei Furi angekommen, befand ich mich in einem weiten, hellen Gang, mit vielen nummerierten Türen. Jede dieser Türen war bunt verziert und eindeutig ein Unikat. Vor einiger Zeit musste sich jemand sehr viel Mühe gegeben haben, sie zu gestalten. Es waren erstaunliche Kunstwerke. Auf der mir nächsten Tür mit der Nummer 1 war eine Gestalt abgebildet, die im Halbdunkeln stand, im ersten Moment sah die Gestalt wie eine Frau aus, die den Mond, der schräg über ihr hing, voll und gelbrot, anheulte. Doch je länger ich die Frau betrachtete, desto mehr Wolfsgestalt nahm sie an. Gleichfalls bekam das Bild immer mehr tiefe und erinnerte mehr und mehr an ein Tor zu einer anderen Welt. Es war beeindruckend, ja faszinierend. Nicht zuletzt wegen der Gestalt auf dem Bild, die eine wilde, stolze

Schönheit ausstrahlte. Ich konnte nicht widerstehen, das Bild, die Tür, zu berühren. Als allerdings meine Fingerspitzen die Tür erreichten, wandte die Figur ihr Gesicht weg vom Mond und sah mich an, in ihren Augen lag das gleiche, fast unnatürlich wirkende Leuchten, das ich bei Dr. Mei gesehen hatte. Schnell zog ich meine Finger zurück, da wurde auch schon die Tür aufgerissen. „Wer stört", fragte ein junger Mann mit schwarzen, zerzausten Haaren, die in jede nur mögliche Richtung abstanden, dabei lächelte er freundlich, was auch seine Frage freundlich wirken ließ. Seine Augen waren riesig hinter den dicken Brillengläsern, die etwas schief im Gesicht hingen. „Oh, Entschuldigung, ich konnte nicht widerstehen die Tür zu berühren, ich bin Tamara und das neben mir ist Furi."

„Hallo, ich heiße John" er reichte mir die Hand und sprach weiter „schon okay, das passiert vielen Neuen, die Türen sind etwas empfindlich und mein ganzes Zimmer zittert, wenn jemand die Tür berührt. Es ist in etwa so, als hättest du dagegen gehämmert. Ich bin leider gerade beschäftigt und habe keine Zeit, aber wir sehen uns sicher noch" und schon verschwand er aus dem Türrahmen und die Tür schloss sich wieder.

Ich sah zu Furi, doch die zuckte nur mit den

Schultern „Komm schon, da vorne ist unser Zimmer" und eilte weiter. Da ich ebenfalls neugierig auf unser Zimmer war, folgte ich ihr. Kurz darauf standen wir vor unserer eigenen bunt verzierten Tür. Auch auf ihr war eine Frau abgebildet. Ihre bloßen Füße, steckten tief in weicher, dunkler Erde. In der einen Hand hielt die blonde Frau, deren Haar im Wind zu wehen schien, ein Schwert. Es zeigte nach oben in Richtung eines bewölkten Himmels. Der kurz vor einem Ausbruch zu stehen schien. Die andere Hand zeigte mit den Innenflächen nach oben und in ihr wuchs eine wunderschöne Blume. Vielleicht sollte die Frau eine Göttin darstellen... Doch bevor ich mich auch in dieses Bild vertiefen konnte, berührte Furi die Tür, welche sich sofort öffnete und den Blick freigab auf unser neues Zuhause. Es war der Hammer, wir standen in einem kleinen Wohnbereich, mit einer kleinen, dunkelgrünen Couch ausgestattet, genauso wie mit einem in Holz gehaltenen Beistelltisch und einem Flachbildfernseher. An der rechten Wand standen auch zwei kleine Schreibtische, an denen wir wohl lernen würden. Als wir eintraten, stellte ich fest, dass links eine Tür in ein Badezimmer mit einer altmodisch wirkenden Wanne führte, bei der es mich nicht überrascht hatte, wenn man sie mit Eimern selbst befüllen musste. Am Ende des

Wohnraumes befand sich ein offener Bogen in der Wand, durch ihn gelangte man in den Schlafbereich. Er war sehr einfach gehalten und alle Möbel waren aus dunklem, warmem Holz. Genau in der Mitte des Raumes verlief ein Regal und teilte das Zimmer in Zwei Hälften, rechts und links davon befanden sich jeweils ein Bett mit Nachtkästchen, am Bettende eine Truhe mit einem angebrachten Metallschloss und jeweils ein großer Kleiderkasten. Woran es eindeutig fehlte war Dekoration. Es gab weder Pflanzen, noch Bilder, nur über den Kopfenden der Betten hingen leere Pinnwände aus Kork. Es war perfekt und schrie geradezu danach, gestaltet zu werden. Fenster gab es leider nur im Schlafbereich zwei kleine und eines im Bad. Aber irgendwie gefiel mir ausnahmsweise sogar das, es hatte etwas von einer heimeligen Höhle.

Furi hatte sich, während ich noch lächelnd da stand, bereits auf das Bett auf der rechten Seite fallen lassen und seufzte zufrieden. Daher begab ich mich auf die linke Seite. Die mitgebrachten Bücher stellte ich im Regal ab. Ich wollte gerade meine wenigen Habseligkeiten verstauen, da begann etwas zu klingeln. Ich sah mich um, an der Wand rechts neben dem Bogen hing ein Telefon.

„Geh du ran" gähnte Furi. Und ich tat wie geheißen.

„Tamara", meldete ich mich leise.

„Ja Hallo, hier Dr. Mei. Könntest du vor dem Essen bitte noch kurz in die Direktion kommen?". Überrascht, verunsichert und besorgt sagte ich ja und machte mich sofort auf den Weg. Hatte ich bereits etwas falsch gemacht... Ich ging einfach den Weg zurück den ich gerade erst gegangen war. Die Direktion befand sich in der Nähe der Krankenstation, das wusste ich noch. Tatsächlich war es nicht schwer zu finden, ich wollte gerade an die Tür klopfen, auf der in großen, fetten Buchstaben Direktion stand, da öffnete sich diese von selbst.

„Komm rein, möchtest du einen Kaffee oder Tee?", fragte mich Dr. Mei zur Begrüßung, ohne mich anzusehen. Sie stand mit dem Rücken zu mir vor einem Glaskasten und schien bester Laune.

„Nein danke", antwortet ich und blieb unsicher in der Tür stehen. Abgesehen von zwei Stühlen und dem Glaskasten war ihr Büro leer.

„Komm näher, das musst du dir ansehen. Ich habe mir gerade einen Traum erfüllt".

Ich stellte mich neben sie und sah in den Kasten, tatsächlich musste es ein Terrarium sein. Darin befanden sich winzige Kröten. Sie sahen entzückend aus und wuselten regelrecht durch das Terrarium, in einer Geschwindigkeit, die ich von

Kröten nie erwartet hätte.

„Drei, vor ca. zwei Stunden geborene Glückskröten. Sind sie nicht bezaubernd!".

„Will ich wissen was genau Glückskröten sind?", fragte ich belustigt, ihre Laune war ansteckend.

„Sehr zutrauliche kleine Formwandler mal sehen sie aus wie Schildkröten mal wie Frösche, je nach bedarf. Sie haben die Fähigkeit die schönen Gefühle ihrer Bezugsperson zu speichern, an den schlechten sind sie nicht unbedingt interessiert. Wenn ich etwas Schönes erlebe und es noch ganz frisch und lebendig in mir ist, übernimmt eine Glückskröte das Gefühl, wenn ich sie halte. Wenn ich sie Jahre später wieder berühre kann ich dieses schöne Gefühl erneut fühlen. Denn sie speichern schöne Gefühle auch und geben sie wieder frei wenn sie wollen. Aber du weißt ja, wie Tiere sind, wenn sie spüren, dass es einem nicht gut geht. Gerade dann kann es sein, dass die Glückskröte dich sozusagen an die schönen Gefühle erinnert. Sie verbinden sich mit der Person, die sie als erstes nach der Geburt berührt. Ansonsten sind sie ziemliche Einzelgänger. Ich habe hier drei noch nicht berührte... Und eine möchte ich dir schenken". Ich starrte Dr. Mei an, diese Tiere waren durch und durch faszinierend, aber das konnte ich doch nicht annehmen „Das kann ich nicht annehmen".

„Ich dachte mir, dass du das sagst, aber du würdest mir damit einen großen Gefallen tun. Ich habe hier drei Geschwister, die kann man normalerweise zusammen halten. Doch wie du siehst, ist eine in der Ecke dort. Sie scheint sich mit den anderen nicht zu verstehen. Das kann passieren. Und als ich dachte, wen braucht diese kleine Kröte, dachte ich an dich und umgedreht genauso, denn es ist eine große Verantwortung, so eine Glückskröte, denn sie brauchen schöne Gefühle damit es ihnen gut geht, von Zeit zu Zeit... Das heißt, du hättest die Verantwortung immer wieder glücklich zu sein, für euch beide. Wenn sie immer langsamer wird, bekommt sie zu wenig schöne Gefühle von dir...“.

„Das ist total verrückt“, entgegnete ich, doch ich sah Dr. Mei dabei nicht an. Ich konnte meine Augen nicht abwenden von der kleinen Glückskröte, die in der Ecke, fern von den anderen, saß. Ich war mir ziemlich sicher, dass Dr. Mei mir etwas Gutes tun wollte, auch wenn sie von einem Gefallen sprach. Aber ich war nicht unbedingt ein Sonnenschein von einem Menschen. Was, wenn das arme Tier bei mir im wahrsten Sinne unglücklich war.

„Ich kann mir derzeit nicht einmal Futter für das Tier leisten, fürchte ich“ sprach ich eine meiner

Bedenken aus.

„Das bringt mich zu dem zweiten Punkt, den ich mit dir besprechen wollte", meinte Dr Mei. „Was haltest du von Taschengeld?". Ich starrte sie entgeistert an „Gar nichts, sie tun schon mehr als genug für mich!"

„Ich dachte mir, dass du so reagieren würdest, nun gut, dann hätte ich einen Job für dich. Am Gelände befinden sich Stallungen, in der Früh muss dort immer ausgemistet werden. Und derzeit wird dort noch jemand gesucht. Was meinst du?"

„Danke, damit ist mir sehr geholfen, ich würde das gerne machen."

„Sehr gut zurück zu der kleinen Glückskröte. Ja oder Nein?"

Ich zögerte lange „Sie trauen mir das wirklich zu, dass es ihr auch wirklich gut bei mir geht?"

„Ja auf jeden Fall. Ich halte dich für sehr verantwortungsbewusst und achtsam. Das mit den Glücksgefühlen gehört vielleicht noch geübt, aber das wird schon...". Sie lächelte mich zuversichtlich an. Ich gab mir trotz meiner Sorge einen Ruck „Dann nochmal danke, ich werde mich gerne um sie kümmern. Darf ich sie herausnehmen?"

Mei lachte „Natürlich!"

Die Glückskröte in der Ecke sah aus wie ein wirklich kleiner, grüner Frosch mit gelben Punkten.

Ob sie glitschig sein würde... Ich legte meine Hand in die Nähe der Kröte, denn ich wollte sie nicht einfach schnappen und wartete, wie sie reagierte. Sie hüpfte näher und näher, mit kleinen winzigen Sprüngen und dann machte sie einen überraschend großen Satz und landete in meiner Hand. Das erzeugte in mir ein spontanes, intensives Gefühl von Glück und Freude, sie war ganz von alleine zu mir gekommen. Doch sie gedachte gar nicht still in meiner Hand sitzen zu bleiben. Ähnlich wie Eidechsen eine Wand hinauf kletterten tat nun diese Kröte das gleiche, nur mit meinem Arm, sie tat das in einer erstaunlichen Geschwindigkeit. Auf meiner Schulter angekommen schien sie es sich, soweit ich das aus dem Augenwinkel sehen konnte, gemütlich zu machen.

„Was, wenn sie mir runter fällt!"

Das wird nicht passieren, die haben so super Saugnäpfe. Die können sich überall halten. Weißt du schon, wie du sie nennen möchtest?"

„Nein, aber das kommt schon noch. Darf ich Sie was persönliches fragen?"

„Ja das darfst du."

„Sie sagten sie haben sich einen Traum erfüllt..."

„Ach so, ja, meine Eltern waren gegen Tiere, eine Freundin hatte eine Glückskröte, die hat mich

gebissen. Seitdem wollte ich immer eine haben",
grinste sie freudig bei der Erinnerung.

„Ähm, sie wollten die, seit sie eine gebissen hat…"

„Ja es war ein so befreiendes Erlebnis.
Glückskröten stehen ihrer Bezugsperson sehr
nahe. Das sie mich biss, war ein deutlicher Hinweis
darauf, dass mich besagte Freundin nicht mochte".
Ich wurde immer verwirrter, aber Mei erklärte „Na ja
ich mochte sie auch nicht. Das sagte ich ihr dann
auch. Wir lachten und gestanden einander, dass
unsere Eltern uns gedrängt hatten, mit der jeweils
anderen zu spielen. Weil wir beide solche
Einzelgänger waren. Wir schimpften lange über
unsere Eltern. Und wurden richtige Freunde. Wir
treffen uns noch heute fast jeden Sonntag auf
einen Tee. Mittlerweile kommt ihre Glückskröte
gerne zu mir und lässt sich streicheln. Mir wurde
dadurch irgendwie klar, dass es ganz besondere
kleine Wesen sind. Aber als Kind durfte ich eben
keine haben, und später dachte ich mir, ich habe
nicht genug Zeit für ein Haustier."

„Jetzt haben sie mehr Zeit?", fragte ich skeptisch.

„Nein, aber ich nehme sie mir einfach. Träume sind
doch dafür da, sie zu leben".

„Ein Terrarium werde ich dir in dein Zimmer bringen
lassen. Aber nun lass uns essen gehen. Wir sind
spät dran".

„Mit Glückskröte auf der Schulter!?“

„Nein besser nicht, setze sie doch noch vorübergehend zu meinen“.

Kapitel 10 (Furi)

Der Speisesaal war ziemlich groß und ich war wohl zu früh dran, denn ich war alleine. An einer Wand entlang waren aber bereits verschiedene Speisen angerichtet. Suppen, Salate, Nachspeisen und soweit ich das sehen konnte zwei Hauptspeisen, wobei eine davon eindeutig vegetarisch war, Reis mit Gemüsesoße, wie langweilig. Ich nahm mir einfach schon mal eine Tomatensuppe und setzte mich an einen der runden Holztische in der Nähe der großen Fenster. Kaum befand sich die Suppe in meinem Mund und noch bevor ich überhaupt geschluckt hatte, flitzte aus einer der Türen eine Frau mit einer überdimensional großen Kochhaube und blickte mich erwartungsvoll an. Sie brauchte die Frage, ob mir die Suppe schmeckte, gar nicht erst stellen, so offensichtlich stand sie im Raum zwischen uns. „Oh mein Gott, das ist mit Abstand die beste Suppe, die ich jemals gegessen habe! Was haben sie denn mit der angestellt!?"

Ihr kleiner Mund wurde ganz breit vor lauter grinsen und ihre kugelrunden hellblauen Augen strahlten „Ich habe am Gelände einen Kräuter- und Gemüsegarten. Ich glaube, man schmeckt die liebevolle Pflege mit der die Zutaten behandelt wurden und natürlich meine kreativen Kochkünste, ich heiße Bea" strahlte sie und streckte mir ihre kleine Hand entgegen. Ich schüttelte sie und meinte ehrlich begeistert weiter „Sie sind tatsächlich eine Künstlerin, so etwas Gutes habe ich noch nie gegessen, sie sind hier die Köchin?"

„Ja, und ich unterrichte das Wahlfach 'Magie der Pflanzen', wäre das etwas für dich?"

„Ehrlich gesagt, ich glaube eher nicht. Ich genieße und bewundere lieber die Ergebnisse".

„Schade, aber das dachte ich mir schon, melde dich bei mir, wenn du was brauchst. Und falls du übrigens was mit ins Zimmer nehmen möchtest von dem Essen, für später, ist das auch kein Problem. In der Ecke da drüben findest du alles Mögliche zum Einpacken. Man sieht sich". Kaum war sie verschwunden, schaufelte ich selbstvergessen meine Suppe in mich hinein. Sie schmeckte intensiv nach Tomaten und ganz fein nach Kräutern, die ich nicht identifizieren konnte. Nach und nach trudelten auch die anderen ein. Mei kam mit einer Gruppe von Fremden, vermutlich andere Lehrer und setzten sich freundlich grüßend an den Tisch neben meinem. Kurz darauf folgte Joshua und dann auch Tamara. Joshua steckte mal wieder in viel zu weiten Jogginghosen und in seinem weiten T-Shirt wirkte er sogar noch dünner, als er war. Tamara war ganz das Gegenteil, in ihrer schwarzen Bluse, hätte sie sehr elegant gewirkt, hätte ihre graue Jeans nicht modisch zerfetzte Löcher aufgewiesen. Dass sie barfuß unterwegs war, ließ das ganze irgendwie lustig wirken. Sie bemerkte, dass ich ihr Hereinkommen beobachtet hatte, lächelte mir errötend zu und stolperte dann über einen Teppich. Sie fing sich jedoch und konnte einen Sturz verhindern. Mit ihren so dunkelbraunen Augen, dass sie fast schwarz wirkten und den braunen Haaren die sie gerade erfolglos hinter ein Ohr streichen wollte, sah sie aus wie ein junges, noch unbeholfenes und scheues Rehkitz. Einen erschreckenden Moment lang fragte ich mich, wie es wohl wäre, ihr das Haar zurück zu streichen. Würde es bei mir hinter diesen kleinen Ohren bleiben?

Abrupt, wand ich den Kopf und betrachtet Joshua, der sich derweil neben mich gesetzt hatte. Seine langen, braun gewellten Haare, hingen in die Suppe, die er gerade in sich hinein löffelte. „Josh, deine Haare" wies ich ihn. etwas angeekelt, darauf hin. Er strich sie zurück „Die Suppe ist der Hammer!".

„Josh ich muss mit dir reden, ich habe aus Versehen deine Gedanken gelesen. Vorhin als wir angekommen sind. Du weißt etwas über Samson..."

„Nicht hier", raunte er mir zu „Komm am Abend, aber erst wenn es dunkel ist, in mein Zimmer dann reden wir, und bring Tamara mit, achtet darauf, dass euch niemand sieht".

„Josh! Was..."

Er stand einfach auf und ging. Er grüßte nicht einmal Tamara, die gerade an den Tisch gekommen war.

„Was ist denn mit dem los" fragte sie.

„Ein Haar in der Suppe". Sie sah mich verwirrt an.

„Ich erkläre es dir später".

Jemand betrat den Speisesaal, ich spürte die Gestalt, noch bevor ich sie sah und blickte zum Eingang. Ein Mann in langem schwarzem Mantel ging in großen, lautlosen Schritten durch den Raum. Die Gespräche verstummten. Auch Mei hatte die Gestalt bemerkt. Sie stand sofort auf und eilte ihr entgegen. Der Mann sah sie ernst an „Chefin". Er musste ein Krieger sein, anders konnte ich mir seine Präsenz in diesem Raum nicht erklären. Ich hatte erwartet, Mei würde ihm respektvoll die Hand schütteln. Stattdessen boxte sie den Krieger ziemlich fest gegen die Schulter „Nenn mich nicht so". Der Mann grinste und sein ernstes Gesicht, das sehr blass wirkte, da es umrandet war von tief schwarzem Haar, veränderte sich. Sein schiefes Grinsen ließ in eher frech als bedrohlich ernst wirken. „Wenn du drauf bestehst, Schatzi".

Sie boxte ihn erneut „So auch nicht", aber sie lachte dabei und dann küsste sie ihn.

„Zeig mir doch mal deine beiden Schützlinge, ich bin schon gespannt auf die beiden", er sah sich suchend im Raum um und sein Blick blieb bei mir und Tamara hängen. Seine Augen waren hellbraun und er wirkte recht cool mit seinem 3 Tage Bart. „Sind sie das?"

Er und Mei traten auf uns zu. „Ja das sind sie. Darf ich euch meinen Exmann vorstellen, Jack Johnns, er wird euch in aktiver Kampfkunst unterrichten. Bis wir einen dauerhaften Ersatz für Samson finden."

Normalerweise wäre ich traurig geworden bei der Erwähnung von Samson. Doch vor mir stand Johnns, er war einer der größten Krieger, die es gab. Kaum hatte ich mich etwas gefangen, fragte ich „Sind sie der Johnns, der auf der Weltrangliste im Duellieren auf Platz 2 steht und das mit nur 30 Jahren und obwohl er erst mit 20 Jahren erwacht ist als Magier!?"

„Wow, du weißt ja mehr über mich als ich, wer hat dir das erzählt? Du bist doch auch noch nicht lange erwacht."

„Samson hat mir von ihnen erzählt. Dürfte ich ein Autogramm von Ihnen haben?"

„Ich denke, ich habe etwas Besseres, dürfte ich mich zu euch setzen?".

„Ja sicher" entgegnete ich begeistert. Er blickte zu den anderen beiden, die nickten nur etwas irritiert.

„Dann lass ich euch mal, wir sehen uns später Jack" meinte Mei, und lächelte vor sich hin während sie an ihren Tisch zurück ging.

„Was meint ihr, sehe ich aus wie ein richtiger Lehrer, ich habe mir sogar ein weißes Hemd angezogen...", fragte Jack in die Runde und sah betreten an sich herab.

„Keine Sorge, hier entspricht keiner meiner Klischeevorstellung von einem Lehrer. Somit passen sie perfekt hinein".

Er lachte „Na dann hätte ich auch meinen super flauschigen Pullover tragen können. Ich war noch nie Lehrer, müsst ihr wissen. Also, ich habe etwas für dich", Meinte er und zog einen silbernen Dolch aus seinem Mantel. Er legte ihn vor mir auf den Tisch, doch ich wagte nicht, ihn zu berühren. „Er ist wunderschön, aber das kann ich doch nicht annehmen!"

„Samson hat ihn für mich geschmiedet, das war eines seiner ausgefallenen Hobbys. Er hätte gewollt, dass du ihn bekommst."

„Okay, danke!", Erwiderte ich nun doch traurig und griff nach dem Dolch. Jack stand auf „Wir müssen mal in Ruhe reden, Furi und solltest du etwas brauchen, kannst du dich immer an mich wenden. Tamara, Joshua, euch möchte ich auch gerne kennen lernen. Aber das hat Zeit. Ich werde sicher ein paar Monate bleiben. Man sieht sich".

Kapitel 11 (Tamara)

Das Essen konnte mir nicht schnell genug gehen. Nicht einmal Meis komischer Freund, Exmann oder was auch immer interessierte mich sonderlich. Während er redete, aß ich so schnell wie möglich die Hauptspeise mit Gemüse. Suppe und Nachspeise kamen gar nicht erst infrage, Ich wollte so schnell wie irgendwie möglich zu meiner Glückskröte. Und kurz nachdem er gegangen war, stand auch ich eilig auf und ging zurück aufs Zimmer. Wie ich erhofft hatte, stand dort bereits ein kleines Terrarium. Es sah toll aus. Darin wuchs eine richtige Wiese. Es gab eine kleine Höhle aus Stein, ein Wasserbecken sowie einige Äste und Zweige. Daneben stand ein Glas mit toten Fliegen, was ich weniger toll fand. Aber nun wusste ich, was meine Glückskröte fressen wollte. Ich schüttete ein paar tote Fliegen ins Terrarium und meine Glückskröte hüpfte, wie mir schien glücklich, darauf zu. Als sie alle verzehrt hatte, hielt ich meine Hand ins Terrarium und prompt sprang die Kröte in meine Hand. Dieses Mal blieb sie dort sitzen. Ich hob sie auf Augenhöhe und betrachtet sie mir genauer „Du siehst ganz eindeutig wie ein Ferdinand aus", stellte ich fest.

„Wer sieht hier wie ein Ferdinand aus?", fragte Furi

direkt hinter mir und ich sprang an die Decke. „Verdammt, musst du dich so anschleichen!", kaum war ich mit beiden Beinen wieder am Boden gelandet, drehte ich mich wütend zu ihr um. „Oh wie süß!", stieß sie aus und streckte Ferdinand ihren Finger entgegen. Der machte fast wie eine Schildkröte die aus dem Panzer fuhr einen langen Hals und als ich schon dezent schadenfroh darauf wartete, dass er in den Finger biss, machte er den Hals noch ein bisschen länger. Kaum war sein kleines Köpfchen über ihrem Finger, ließ er besagten einfach fallen, und blieb dann so. Einige Sekunden später begann der kleine Kerl ein gleichmäßig merkwürdiges Geräusch von sich zu geben.

„Schnarcht der etwa?" flüsterte Furi, als befürchtete sie, ihn zu wecken „Wenn er schnarcht, bleibt er aber auf deiner Zimmerseite…".

Ich funkelte ein bisschen böse auf den Teil von Ferdinand der noch auf meiner Hand saß, kleiner Verräter und machte Anstalten, mich zu bewegen. „He, was machst du da, du weckst ihn ja auf!" flüsterte Furi und ich stellte fest das sie den Finger ganz still hielt und tatsächlich kaum zu atmen wagte. Mit einem dezenten Lächeln sah sie auf Ferdinand hinab. In diesem Moment empfand ich eine Zuneigung für sie, die heftig genug war um mir

Tränen in die Augen zu treiben.

„Nimm ihn doch bitte kurz ganz zu dir"

„Echt? Warum denn?"

„Ich bekomme eine Panikattacke", Furi sah nun von Ferdinand zu mir, das Lächeln auf ihrem Gesicht verschwand augenblicklich. „Scheiße, das ist dein Ernst!". Während mein Herz raste und ich immer mehr Schwierigkeiten hatte, ruhig zu atmen, nahm Furi mir Ferdinand ab und setzte ihn ins Terrarium. Mir wurde derweil schwindelig. Furi bemerkte das wohl „Hinsetzen, sofort" und schob mich zu meinem Bett. Die nächste Sitzgelegenheit. „Stampf ein paar Mal mit den Füßen auf", hörte ich ihre Stimme von weit, weit weg. Langsam wurde mir schwarz vor Augen und ich spürte, wie Schweiß an mir herunter ran. Ich war nicht mehr in der Lage einen Fuß zu heben und ganz sicher nicht zu stampfen. Furis Stimme hörte ich noch, aber ich war längst nicht mehr in der Lage den Sinn der Worte zu erfassen. Als ich schon glaubte, nun ginge es zu Ende mit mir, fühlte ich Arme, die sich von hinten um mich legten und mich fast zerquetschten. Die Arme übten beständigen, festen Druck aus. Statt dass mich das noch mehr in Panik versetzte, begann mich das langsam zu beruhigen. Zumindest soweit, dass ich Furis Stimme nicht mehr als etwas in weiter Ferne wahrnahm und den

Inhalt der Worte wieder erfassen konnte. „Ganz ruhig, du zitterst ja, schön atmen. Wenn du mir hier ohnmächtig wirst, bin ich echt sauer auf dich. Und dabei habe ich gerade erst angefangen dich zu mögen". Ich zuckte kurz zusammen, als ich begriff, dass Furi hinter mir saß und mich festhielt. Doch die Panik ließ mehr und mehr nach. „Was machst du da?"

„Dich beruhigen, falls du es noch nicht bemerkt haben solltest.", in ihrer Stimme lag Belustigung „Wer hätte gedacht, dass das echt funktioniert! Ich habe das mal in einer schrecklich melodramatischen Arztserie gesehen, die haben das so ähnlich gemacht". Mittlerweile war uns beiden wohl klar, dass ich mich beruhigt hatte. Doch Furi ließ mich nicht los, nur den Druck lockerte sie etwas. „Dir gehts wieder besser, oder?"

„Ja, danke"

„Wer hätte das gedacht, vielleicht steckt ja doch ein Hauch von Heilerin in mir", wieder lag Belustigung in ihrer Stimme. Sie machte ihre Stimme wärmer, sanfter, ich mochte es, wenn sie so klang und ohne es zu wollen ließ ich mich gegen sie sinken. Jetzt, wo die Angst weg war, war ich furchtbar erschöpft. Sie legte ihren Kopf auf meine linke Schulter. Zu meiner irritierenden Entspannung, mischte sich Aufregung. Intensiv, ohne unangenehm zu sein.

„Ähm du bekommst nicht schon wieder eine Panikattacke oder?", fragte Furi hinter mir.

„Nein, warum?"

„Ich spüre deinen Herzschlag, der ist ziemlich schnell".

Noch bevor ich antworten konnte, wurde die Tür aufgerissen. Wir sprangen auseinander, als hätten wir was angestellt.

„Oh, ähm, störe ich? Herrje, wann werde ich endlich lernen anzuklopfen…"

„Nein sie stören nicht, Dr. Mei".

„Okay gut, ich wollte euch nur Bescheid geben, dass ich morgen nicht da bin. Tamara, du solltest dich morgen um 7 Uhr in den Stallungen melden. Aber ansonsten könnt ihr tun und lassen, was ihr wollt, ach ja, hier ist schon mal das Geld für die Woche im Voraus. Du brauchst sicher, dass ein oder andere". Sie überreichte mir 100 Euro.

„Danke" sagte ich artig.

Furi schien das Ganze weniger zu interessieren „Also Johnns ist ihr Exmann, wie ist er so?"

„Ja ist er, wir sind seit 10 Jahren glücklich geschieden. Er ist ein toller Exmann. Und wie er so ist, wirst du sicher noch selbst herausfinden":

Ich wurde aus dem, was sie sagte, beim besten Willen nicht schlau, traute mich aber nicht, nachzufragen. Furi hatte da weniger Hemmungen.

„Sind sie noch zusammen?"

„Furi, du bist ganz schön neugierig. Aber nun gut. Wir haben vor zwölf Jahren geheiratet auf Wunsch unserer Eltern, wir waren noch jung genug, um uns von denen beeinflussen zu lassen. Es war eine blöde Idee. Wir zogen natürlich zusammen wie sich das gehört und fühlten uns schrecklich unwohl, da wir beide sehr freiheitsliebend sind. Vielleicht bekamen wir ein bisschen die Krise, wegen der Sache 'bis dass der Tod uns scheidet'. Wir ließen uns nach zwei Jahren wieder scheiden und leben seither getrennt und sind sehr glücklich miteinander. Sonst noch Fragen?"

„Ähm nein. Ich verarbeite noch". Mei lachte, „Es ist wichtig den eigenen Weg zu gehen, auch wenn er etwas skurril ist und manche Leute darüber den Kopf schütteln. Meine Eltern schütteln ihre Köpfe vermutlich seit 10 Jahren", sie lachte erfreut bei der Vorstellung „So, ich lass euch dann mal in Ruhe ankommen. Wenn ihr etwas braucht wendet euch einfach an einen der Lehrer", und schon war sie wieder verschwunden.

„Also es ist so, ich habe aus Versehen Joshuas Gedanken gelesen, und deine vielleicht eher absichtlich. So jetzt ist es raus. Sorry."

„Du hast was!?", zischte ich und stellte zu meinem eigenen Erstaunen fest, dass meine Stimme mir

Frostbeulen bescherte.

Furi schluckte offensichtlich „Na ja, also falls es dich interessiert. Joshua denkt, wir könnten das hier vielleicht nicht überleben. Was er scheinbar von meinem verstorbenen Mentor, Samson weiß. Wir sollen beide, wenn es dunkel wird, auf sein Zimmer kommen, dann erklärt er es uns. Und ähm, ich habe auch ein bisschen deine Erinnerungen gesehen, als ich in deinem Kopf war. Das mit deinen Stiefeltern tut mir echt leid. Sind ja die vollen Arschlöcher. Habe ich schon erwähnt, dass es mir leid tut! Ich dachte nicht, dass ich echt in deinen Kopf rein komme...".

In mir brodelte es, wie noch nie zuvor in meinem Leben. Alles in mir vibrierte vor Wut. „Du zitterst..." stellte Furi fest „Noch mal drücken?", sie grinste, es sollte wohl ein Scherz sein. Aber er brachte das Fass zum überlaufen, ich machte einen Schritt auf sie zu und diese Möchtegernkriegerin wich einen Schritt zurück „Wage es nie wieder, ungefragt in meinem Kopf herumzuschnüffeln. Nie wieder, nicht in meinen Gedanken, und schon gar nicht in meinen Erinnerungen!".

„Klar, kommt nie wieder vor. Ich schwöre es dir, bei meiner Schwester!"

Das erstaunte mich „Bei deiner Schwester?"

„Sie war der wichtigste Mensch in meinem Leben,

sie wurde vor einem Jahr ermordet, von ihrem Exfreund. Menschen, die mir wichtig sind, haben die dumme Angewohnheit, früh zu sterben. So, jetzt kennst du eines meiner Geheimnisse, vielleicht gleicht das aus, dass ich das mit deinen Stiefeltern weiß. Ach ja und du gefällst mir auch irgendwie, wenn ich dich nicht gerade erschlagen möchte. Sind wir quitt?"

Mein Gesicht begann zu brennen und ich war überzeugt, es war dunkelrot „Okay!".

„Für eine Heilerin, die für ihren Sanftmut bekannt sind, kannst du ziemlich Gas geben. Dein Blick war echt mörderisch. Respekt!"

„Warum glauben alle, dass ich eine Heilerin bin? Und warum verstehen sich Heiler und Krieger so schlecht?"

„Ach, das hat dir Mei gar nicht erklärt? Okay, also man erkennt das oft schon am Wesen der Magier, was sie sind. Selbst wenn sie noch keine Fähigkeiten in ihrer Hauptklasse zeigen. Hauptklasse ist immer die, wo die Fähigkeiten am stärksten ausgebildet sind. Es gibt vier Klassen, das weißt du vielleicht schon. Die Krieger, Heiler, Wandler und die Reisenden. Ein Krieger kann auch Fähigkeiten haben, die im Bereich der Wandler oder der Reisenden liegen. Nur heilende Fähigkeiten wird er keine haben. Genauso wenig wie ein Heiler töten könnte. Diese beiden Klassen der Magie schließen einander aus. Und sind ihrem Wesen und Temperament nach so verschieden, dass sie sich kaum miteinander vertragen. Eskalieren tut das Ganze jedoch selten. Heiler sind nicht unbedingt auf Streit aus. An meinem Wesen lässt sich erkennen, dass ich eine Kriegerin bin und auch an meinen Fähigkeiten. Ich werde immer stärker, ohne viel dafür tun zu müssen. Meine Reflexe sind der Hammer und seit kurzem kann ich auch bei wenig Licht noch gut lesen. Lauter so Sachen eben. Aber ich werde nie durch Hand auflegen oder so, Wunden heilen können. Würde es mich interessieren, könnte ich mit Hilfe von Heilkräutern heilen, oder mit mega komplizierten Ritualen. Aber das interessiert mich nicht so richtig. Man sagt übrigens auch, dass Heiler viel klüger oder weiser sind als Krieger. Du wirkst, wenn du mir nicht gerade mörderische Blicke zuwirfst, wie eine Heilerin. Mehr weiß ich zu dem Thema bisher auch nicht. Das ist alles was mir Samson gesagt hat, bevor er umgebracht wurde".

„Er wurde umgebracht!?" fragte ich entgeistert.

„Ja mit einem sehr mächtigen Fluch. Der erzeugt so heftige unvorstellbare Angst, dass es zu einem Herzversagen kommt. Charakteristisch ist auch, dass sich die Haare der Opfer grau färben. Und wenn du es genau wissen willst, ich wollte gar nicht hierher zuerst. Doch Samson hat hier unterrichtet und ich glaube, er wurde hier auch getötet. Ich werde seinen Mörder finden, sollte er noch leben und ihn umbringen und zwar langsam".

„Ohhhkay und Samson glaubte wir wären irgendwie in Gefahr und hat es Joshua erzählt, bevor er starb…"

„Jup, gehen wir?" Ich versuchte zu erfassen was sie gesagt hatte, sie wollte jemanden töten und zwar langsam. War das wirklich die gleiche Frau, die mich eben noch festgehalten hatte und mich aus meiner Panikattacke geholt hatte!? In was war ich da hineingeraten... und damit es auch ja nicht langweilig wurde, wurden Leute zu Tode geflucht und wir schwebten in Gefahr. Furi wartete ungeduldig auf eine Antwort „Wenn ich dir verspreche, dass ich dir helfen werde, so gut ich nur kann, Samsons Mörder zu finden, kannst du mir dann versprechen ihn oder sie nicht langsam zu töten?"

„Ich denke drüber nach, besagte Person schnell zu töten, wenn du mir hilfst".

„Ähm ich meinte eigentlich gar nicht töten. Es muss doch so eine Art magisches Gericht geben, das sich um böse Magier/innen kümmert…".

„Ja vermutlich, warum sollte dir das wichtig sein?"

„Ich mag dich und wenn du jemanden einfach tötest, musst du flüchten oder so, damit du nicht im Gefängnis landest. Davon abgesehen, glaube ich nicht, dass es dir nach einem Mord besser geht".

„Ach im Gefängnis ist es nicht so schlimm...".

Ich starrte sie entgeistert an „Du warst im Gefängnis!!?"

„Naja ich habe damals versucht, meine Schwester zu schützen. Nicht sehr erfolgreich. Ihr Ex hat ziemlich was abbekommen und ich mildernde Umstände". Achtzehn Monate Jugendknast. Aber könnten wir das mit den Lebensgeschichten auf ein andermal verschieben. Ich denke über dein Angebot nach. Aber wir sollten wirklich zu Joshua".

Nicht zum ersten Mal wünschte ich mir eine Pausentaste für mein Leben. Aber ich gab mich geschlagen.

„Okay gehen wir".

Kapitel 12 (Furi)

Warum hatte ich ihr das alles erzählt, was war nur über mich gekommen! Nicht einmal mit Mei hatte ich darüber gesprochen. Dieses merkwürdige Bambi hatte etwas an sich, das mich zum Reden brachte. Sie hatte gar keine Angst vor mir gezeigt. War es das, was ich gewollt hatte, wir waren uns nähergekommen und schon erzählte ich ihr von meiner kriminellen Vergangenheit. Mei würde sicher behaupten, es wäre ein verquerer Versuch sie wegzustoßen und auf Abstand zu halten. Die gute Mei hätte vermutlich mal wieder recht, eine nervige Angewohnheit dieser Frau. Der Weg zu Joshs Zimmer war nicht gerade weit, wir standen bereits vor der Tür. Ich sammelte mich einen Moment und klopfte an. Nichts passierte. Ich klopfte erneut. Keine Stimme rief „Herein" und auch die Tür blieb verschlossen. Meine Instinkte sagten mir, dass da etwas nicht stimmte. Mittlerweile waren meine Fähigkeiten weit genug entwickelt, dass ich eine Gefahr, wenn sie in der Luft lag, regelrecht riechen konnte. Ich versuchte die Tür zu öffnen, doch sie war verriegelt. „Irgendetwas stimmt hier nicht, erschrecke dich nicht ich trete jetzt die Tür ein", sagte ich zu Tamara und machte einen Schritt zurück, um dann mit aller Kraft gegen die

Tür zu treten. Die flog schon fast ins Zimmer. Ich konnte meine Kräfte noch etwas schwer einschätzen.

„Was..."

Josh lag am Boden und rührte sich nicht. Tamara stürzte sofort auf ihn zu „Er atmet nicht mehr und ich finde keinen Puls", während ich noch erstarrt in der Tür stand, begann sie bereits mit einer Herzdruckmassage. „Hol Hilfe!" Meine Erstarrung löste sich, ich rannte los. Durch endlos lange Gänge wie mir schien. Joshuas Bild, wie er mit ergrautem Haar am Boden lag, brannte in meinem Kopf. Er musste verflucht worden sein. Ohne zu überlegen war ich zur Direktion gerannt, ich wäre am liebsten vor Erleichterung zusammengebrochen, als ich die Tür aufriss und Mei tatsächlich in ihrem Büro vorfand. „Joshua ist bewusstlos, er atmet nicht, wir brauchen Hilfe".

„Ist er in seinem Zimmer?" Ich nickte und dann rannten wir gemeinsam zurück, so schnell wir nur konnten. Dort angekommen stürzte uns jedoch Joshua aus seinem Zimmer entgegen.

„Als ich zu mir gekommen bin lag Tamara neben mir, sie hat keinen Puls". Ich eilte ins Zimmer und ließ mich neben der still liegenden Tamara auf den Boden sinken. Noch nie hatte ich mich so hilflos gefühlt, Tränen der Wut und Angst drängten aus meinen Augen „Wenn du stirbst, werde ich dir das nie verzeihen!"

„Dann lasse ich es halt", murmelte sie kaum hörbar „was ist passiert?", langsam setzte sie sich auf. Mei trat zu uns und schnappte sich Tamaras Handgelenk „Kräftiger Puls".

Furi bring Tamara und Joshua sofort in die Krankenstation. Ich möchte, dass sie gründlich durchgecheckt werden. Alle, denen es möglich ist, kommen dann in einer Stunde zu einer Lagebesprechung in mein Büro! Bleibt auf jeden Fall zusammen! Keiner geht alleine durchs Gebäude. Redet mit niemandem über das, was passiert ist. Wir haben ein gewaltiges Sicherheitsleck. Du Furi, bist für die nächste Stunde für ihre Sicherheit zuständig. Schütze sie. Ich werde mit Jack das Gelände nach dem Angreifer durchsuchen. Er oder sie muss Joshua in die Augen gesehen haben um ihn zu verfluchen. Vielleicht ist er oder sie noch hier. Seid also bitte vorsichtig. Hast du den Silberdolch dabei, den dir Jack gegeben hat, Furi?" Ich nickte. „Gut, dann macht euch auf den Weg!".

Tamara stand etwas wackelig auf. Ich stützte sie beim gehen. Joshua hingegen schien recht fit.

„Josh du kannst dich doch unsichtbar machen..."

„Ja", entgegnete er. „Dann tue es bitte jetzt.

Dadurch bist du geschützt, oder zumindest schwer angreifbar, aber bleib auf jeden Fall bei uns".

„Okay", wenige Sekunden später konnte ich ihn nicht mehr sehen.

„Du wärst eine gute Anführerin", meinte Tamara an meiner Seite. „Geh, Blödsinn", meinte ich „Wir sollten jetzt aufhören zu reden, man hört uns schon von weitem und ich muss mich auf meine Instinkte konzentrieren."

Kaum hatte ich die Worte ausgesprochen nahm ich ein Geräusch war, es war ein leises, schwaches Atmen, zwei Gänge weiter. „Tamara, kannst du alleine gehen?", Sie nickte. „Dann bleibe jetzt hinter mir". Ich blieb kurz stehen, schloss die Augen und blendete für einen Moment alles aus, bis auf die Geräusche um uns. Da war das Schlagen eines Pulses. Unregelmäßig und genauso schwach wie der Atem der Person. Ich ging etwas schneller, vielleicht war noch jemand angegriffen worden. „Da vorne ist jemand, wahrscheinlich verletzt. Egal was passiert, bleib hinter mir."

Wir gingen weiter und bald sah ich in eine am Boden liegende Person. In einer roten Robe. Sie keuchte und es war offensichtlich, dass das Leben dabei war aus ihr zu weichen. Ich trat näher an die Person heran und beugte mich zu ihr hinab. Mir war bewusst, dass ich den Angreifer vor mir hatte.

Ein Fluch fiel immer auch auf einen selbst zurück. Deshalb war niemand so blöd einen auszusprechen. Man musste seinem Opfer dabei in die Augen sehen. Sonst wirkte er nicht und darauf gefasst sein, dass einem das gleiche widerfuhr wie dem Opfer. Wenn nicht schlimmeres. Daher vermied ich es vorsichtshalber der Person in die Augen zu sehen. Doch eine kraftlose Hand griff nach mir und ich sah ihr automatisch in die Augen. Kaum vernehmbar hauchte sie mir entgegen „Töte sie, es ist deine Bestimmung, nur so kann diese Welt vor dem Untergang bewahrt werden. Sie ist eine mächtige Waffe, in den falschen Händen bedeutet sie den sicheren Untergang". Der bärtige, grauhaarige Mann sah mich eindringlich, ja flehend an, dann wandte er den Blick woanders hin und, als wollte er es noch unterstreichen, ließ er von mir ab und zeigte mit seiner alten Hand auf Tamara, bevor das Leben endgültig aus im wich und sein ausgestreckter Arm zu Boden fiel.

„Was hat er gesagt", fragte Tamara hinter mir.

„Später", schindete ich Zeit „Wir müssen weiter, vielleicht sind noch mehr von seiner Sorte hier!"

Kurze Zeit später erreichten wir alle wohlbehalten die Krankenstation. Isolde kam besorgt auf uns zu und ich fragte mich, wie viel ich ihr erzählen durfte. Mei hatte quasi gesagt, kein Wort zu niemandem.

„Das solltest du besser Dr. Mei fragen. Aber kannst du die beiden mal durchchecken?".

„Natürlich. Joshua, fangen wir mit dir an, ihr beiden wartet bitte draußen".

Es behagte mir gar nicht, Joshua alleine bei ihr zu lassen, ich wusste nicht mehr, wem wir vertrauen konnten. Aber ich verließ mich darauf, dass meine Instinkte eine Gefahr anzeigen würden. Daher stellte ich mich mit Tamara raus auf den Gang.

„Du hast nicht zufällig eine Zigarette?" fragte mich Tamara.

„Du rauchst?" fragte ich überrascht.

„Hab mit 16 aufgehört, aber ich finde, es ist ein guter Zeitpunkt wieder anzufangen".

„Sorry, ich habe nie geraucht".

„Was hat der Typ zu dir gesagt? Ich meine, nachdem er dabei auf mich gezeigt hat, habe ich eventuell ein Recht, es zu wissen".

„Dass du eine Waffe bist und ich dich töten sollte, da es eh meine Bestimmung ist".

„Oh!"

„Ja oh".

„Hast du auch so eine Scheißangst wie ich?"

„Gott verdammt, ja!", entgegnete ich und sah ihr das erste Mal in die Augen. Sie waren angstgeweitet und Tränen standen in ihnen. Ohne zu überlegen ging ich auf sie zu und schloss sie in die Arme. Sie erwiderte die Umarmung. Und für einen Moment war ich mir nicht sicher, ob sie so zitterte oder ich, oder wir beide. „Mir egal was du vielleicht bist. Ich werde dich nicht töten".

„Das freut mich zu hören", kicherte sie leicht hysterisch in mein Ohr und ich hielt sie noch ein bisschen fester. Dann ging die Tür auf und Joshua trat zu uns. Er schloss seine Arme um uns beide „Was für eine Scheiße geht hier nur ab Leute", murmelte er „Isolde meint, meine Grundaura hat sich verändert, aber ansonsten bin ich kerngesund. Du kannst jetzt zu ihr, Tamara".

Allerdings gaben weder Joshua noch ich sie frei und auch sie selbst machte keine Anstalten sich zu bewegen. Ich weiß nicht wie lange wir so da standen, aber irgendwann streckte Isolde ihren Kopf aus der Tür „Meine Güte, ihr drei seid süß, wie ihr so dasteht. Aber ich denke es wäre wirklich gut, wenn ich mir jetzt Tamara ansehe".

„Stört es dich, wenn ich mitkomme?" fragte ich Tamara, meine Instinkte meldeten eigentlich keine Gefahr, aber ich wollte sie jetzt einfach nicht alleine lassen. „Ich denke, das ist schon okay" antwortete sie. Isolde sah uns stirnrunzelnd an „Na dann, kommt ihr beiden. Und danach gehen wir zu Dr. Mei, langsam will ich wirklich wissen, was hier los ist!".

Kaum waren wir im Behandlungsraum meinte Isolde an Tamara gewandt „Mach dich bitte obenrum frei". Die bekam die Gesichtsfarbe einer Tomate „Ähm wie bitte, ich dachte du schaust dir meine Aura an". „Deine Aura sagt mir jetzt schon, dass deine Selbstheilungskräfte auf Hochtouren arbeiten. Vor allem um die Herzgegend herum. Ich möchte dich abhören und ein EKG machen". Da ich den Eindruck hatte, Tamaras Befangenheit hing mit mir zusammen, tat ich, als würde ich interessiert das Bücherregal betrachten das an der Wand stand. Und darin stöbern. Dabei stand ich mit dem Rücken zu den beiden. Es waren lauter furchtbar langweilige Bücher rund um das Thema Botanik.

„Tamara ich kann dir was geben für die Narben, es gibt eine Salbe, damit verschwinden sie nicht ganz aber sie werden blasser" hörte ich Isoldes betroffene Stimme „Wer hat das getan?" Nun viel es mir sehr schwer, mich nicht doch umzudrehen. Doch ich wusste, Tamara würde das nicht wollen. Da ich Bruchstücke ihrer Erinnerungen gesehen hatte, konnte ich mir denken wer es gewesen war, ihre Stiefmutter. Aus Tamaras Stimme höre ich Ärger heraus „Du wolltest mein Herz abhören und nicht meinen Rücken betrachten...".

„Tut mir leid, ich wollte dir nicht zu nahe treten, okay, dann hören wir mal, was dein Herz zu sagen hat".

Nach der medizinischen Untersuchung stand fest, dass es Tamaras Herz gut ging. Dennoch schien Isolde besorgt. „Darf ich meine Hand mal auf dein Herz legen?" Tamara nickte. „Ich verstehe es nicht, deine Aura sagt mir, dass dein Herz sich heilt. Doch ich verstehe nicht wovon, es ist gesund". Ich beschloss, Isolde doch ein wenig Informationen zu geben „Na ja, hat kurzzeitig aufgehört zu schlagen... vermuten wir. Warum wissen wir allerdings nicht". „Das erklärt mir ehrlich gesagt nicht warum es sich jetzt noch immer heilt. Davon abgesehen ist keine mir bekannte Kraft zur Selbstheilung so stark, dass sie den aussetzenden Herzschlag mal eben wieder zum Schlagen bringt. Mädels, was ist hier eigentlich los!".

„So genau weiß das keiner, glaube ich. Wir treffen uns jetzt alle in Mei`s Büro zu einer Lagebesprechung, kommst du mit?".

„Darauf kannst du dich verlassen!"

Kapitel 13 (Tamara)

Mein Herz heilte sich, obwohl es gesund war, Menschen hielten mich für gefährlich und die Frau, in die ich vielleicht dabei war, mich ein bisschen zu verlieben, sollte mich töten. Ich wollte zurück, in mein zugegeben etwas einsames, stilles Leben als angehende Bibliothekarin. Zurück in meine vollgestopfte Einzimmerwohnung am Griesplatz, die ich mir von meinem Lehrlingsgehalt kaum leisten konnte. Ich wollte Stille und Ruhe und in die Fantasiewelt der Bücher flüchten. Nicht darin leben. Das war mir alles zu viel. Ich hätte mir nichts mehr gewünscht als eine Stopptaste für mein Leben, um mal in Ruhe zu verarbeiten was hier passierte. Doch ich hatte keine und wir standen bereits vor Dr. Meis Bürotür.

Kaum hatte Furi an die Tür geklopft, wurde diese von Dr. Mei aufgerissen „Na endlich, kommt rein!" Wir betraten im Eiltempo das Büro. Kaum hatte sich die Tür wieder hinter uns geschlossen, legte Dr. Mei auch schon los „Es tut mir sehr leid, aber fürs Erste müssen wir hier weg. Es ist nicht sicher für euch". Bedrücktes Schweigen folgte ihren Worten. Es wurde von Isolde unterbrochen „Kann mir bitte mal jemand sagen, was hier los ist?"

„Gleich", entgegnete Dr Mei „Ich möchte euch

bitten, dass wir vorher einen Schweige-Pakt schließen, nichts was in diesem Raum gesprochen wird, soll ihn wieder verlassen. Legt eure Hände alle zusammen". Isolde, Johnns und Mei machten es uns vor und wir folgten ihrem Beispiel. Bald lagen alle rechten Hände aufeinander. Die Linke sollten wir auf unser Herz legen und die Worte sprechen „Ich schweige über jedes Wort in diesem Raum".

Doch wir kamen damit nicht allzu weit, Jesper unterbrach uns „Vertrauen Sie uns nicht, Frau Direktorin?"

„Jesper, ich gehe gerne auf Nummer sicher, der Pakt verhindert auch die versehentliche Weitergabe von Informationen."

Jesper schien gar nicht zufrieden, aber dennoch nickte er.

Da wurden wir erneut unterbrochen. Es hämmerte an der Bürotür. Von er anderen Seite erklang eine dunkle, herrische Stimme „Sofort aufmachen, hier ist die magische Schutzeinheit!"

Alle erstarrten, kaum hatte ich mich gefragt, was hier nun wieder los war, wurde die Tür eingetreten. Im Raum standen mehrere altmodisch bewaffnete Männer und Frauen in dunklen Mänteln. Der größte von ihnen, mit einem kurzen Schwert in der Hand, erklärte streng und laut „Dr. Mei und Mister Johnns, sie sind hiermit festgenommen. Sie stehen im Verdacht des Mordes an Samson Steinbrecher!"

Furi riss entsetzt die Augen auf, nicht weniger entsetzt griff ich nach ihrer Hand und versuchte ihr einen Halt zu geben, den ich selbst nicht empfand. Furis sich weitende Augen hatten mir sofort klar gemacht um welchen Samson es sich hier handelte. Während wir noch all unter Schock standen wurden Dr. Mei und Johnns bereits Fesseln angelegt.

Weder Dr. Mei noch Johnns leisteten Widerstand. Sie standen vermutlich genauso wie der Rest von uns unter Schock. Dr.Mei schüttelte nur immer wieder den Kopf, als könnte sie es nicht fassen.

Erst als zwei bewaffnete Männer sie hinaus führten hörte sie auf damit. Sie stemmte sich gegen die Männer, die sie hinaus zerren wollten „Furi, du musst mir glauben, wir waren das nicht!" Während Furi unfähig schien ein Zeichen des Verstehens von sich zu geben, sprach der größte der Männer wieder „Leugnen wird Ihnen nicht helfen, Frau Doktor. Ihr Dolch wurde am Tatort gefunden und es gibt zwei Zeugen. Melinda Mei-Steinfeld und Jesper Teusen."

Alle Augen richteten sich auf Jesper, doch der wich unseren Blicken aus und folgte mit hängendem Kopf den Männern und Frauen, die Dr. Mei und

Johnns endgültig aus unserem Sichtfeld zerrten.
Voller Fragen blieben Joshua, Furi und ich zurück.
Vor uns stand die nun wieder eingesetzte Direktorin
Dr. Melinda Mei-Steinfeld.

Danksagung

Viele Menschen haben mich auf meinem Weg zu diesem Buch begleitet und unterstützt.

Allen voran Mag. Eva S. Brugger, ohne die ich vielleicht noch immer recht erfolglos und frustriert an meinem ersten Krimi sitzen würde, statt meine Freude und Begeisterung am Fantasieren zu nutzen. Sie hat mich von der ersten bis zur letzten Seite dieses Buches begleitet, inspiriert und ermutigt.

Besonders gefreut hat es mich das bei diesem Buchprojekt auch meine Schwester Katharina da Costa Amaral und eine meiner liebsten Freundinnen Julia Untersweg mit dabei waren.

Die Beiden haben den Leser vermutlich vor den meisten grammatikalischen Katastrophen bewahrt und dafür gesorgt das in diesem Text auch eine brauchbare Anwendung von Satzzeichen gegeben ist.

Sicher finden sich noch Fehler im Text, wofür ich um verständnis bitte, doch dem Leser sei versichert es hätte noch viel Schlimmer sein können, hätten die Beiden sich nicht tapfer und mutig meinem Text gestellt.

Auch Freunde haben immer wieder mal neugierig geschaut was ich da so schreibe, mir bei

Unsicherheiten geholfen und Feedback gegeben. Sehr dankbar bin ich vor allem auch Lydia Mitter, deren ehrliche Begeisterung für mein Buch mich mindestens einmal davor bewahrt hat aufzugeben. Sie schreibt selbst gute Texte, die sich sogar reimen (Eine Fähigkeit die ich überhaupt nicht besitze) und hat sicher schon Hunderte Fantasy Bücher verschlungen. Daher hat mir ihr Lob sehr viel bedeutet.

Herstellung und Verlag:
BoD – Books on Demand, Norderstedt
ISBN: 978-3-7494-6573-6